BARCELÓ ON THE ROCKS

By

Marco Antonio Rodriguez

NoPassport Press
Dreaming the Americas Series

NoPassport Press, Dreaming the Americas Series
PO Box 1786, South Gate, CA 90280 USA.
www.nopassport.org

ISBN: 978-1-365-00382-0

Preface

With his plays, Marco Antonio Rodríguez has burst upon the Off-Broadway, New York theater scene and has become one of the most prominent Dominican voices in Latino playwriting.

His works are a landmark in the development of Dominican-American theater, for in spite of representing one of the fastest growing populations of Latinos in the United States, the absence of Dominican voices in recent scholarship on Latino playwrights and performers suggests that Dominicans have yet to make a home in the Latino theater community.

In his plays, Rodríguez creates for the first time a fully Dominican-American onstage universe. Along the lines of the Puerto Rican and Cuban family dramas from the 50s and 60s such as *La carreta* by René Marqués and *El súper* by Iván Acosta, Rodríguez populates the stage with Dominican immigrants and their children in New York City. While earlier texts focused more on the journey of migration and the experiences of adaptation, the characters in Marco's work have long settled in New York and have already established a transcultural identity. For the first time, audiences enter into contemporary Dominican New York through the visual cues of apartment set designs.

His work explores fragile parent/offspring relationships that are threatened by family secrets, and the delightful twist that will ensure a spectator following is that the plays are linked and structured around a family genealogy that spans various, connecting stories.

Marco Antonio Rodríguez has brought to the stage pieces that explore the intersections between love and loss, and tradition and change in the context of U.S.-Dominican migration."

Camilla Stevens
Associate Profesor
Department Of Latino and Hispanic Caribbean Studies
Rutgers University, New Brunswick

BARCELÓ ON THE ROCKS

By

Marco Antonio Rodriguez

The original Spanish production of **Barceló On The Rocks** received its world premiere at New York's Repertorio Español (Spanish Repertory Theatre. Robert Weber Federico, executive director) June 13th, 2014. It was directed by Jose Zayas; assistant director: Fernando Then. Dialect coach: Yolanny Rodríguez. Scenic & Costume design: Leni Mendez. Lights: Eduardo Navas. Sound design: David Lawson. The cast was as follows:

Nino Antonio Ortíz	Marco Antonio Rodriguez
Sergio Antonio Nino Ortíz	Ivan Camilo
Dennis Ortíz	Javier Fano
Aurelio Antonio Ortíz (Fello)	Jerry Soto
Dr. Joaquín Antonio Balaguer Ricardo	Fernando Then
Jaston Marcelín	Modesto Lacén

SPECIAL THANKS:

The Engish translation of *Barceló On The Rocks* was made possible through the guidance and assistance of the Banff International Literary Translation Centre Writing Residency Program in Banff, Alberta, Canada.

BIOGRAPHY:

Born and raised in New York City, with roots from the Dominican Republic, Marco Antonio is a graduate of La Guardia High School For the Performing Arts in NYC and holds a Master of Fine Arts degree from Southern Methodist University. He has acted, written, produced and directed hits such as Pico de Gallo, Heaven Forbid(s)! (named Outstanding New Play by The Dallas/Fort Worth Theater Critics Forum) and the Southwest Premiere of Rick Najera's Latinologues, which later moved on to Broadway. His play, *La Luz De Un Cigarrillo (Ashes Of Light)*, received an extended by popular demand run at New York's Off-Broadway LATEA theater, Lehman Stages and Dominican Republic's Teatro Las Máscaras. It is the recipient of 5 HOLA, 4 ACE and 3 prestigious Soberano awards, including Outstanding Achievement In Playwriting. *La Luz De Un Cigarrillo (Ashes Of Light)* has been published in both Spanish and English editions by NoPassport Press and has been added for study to the University Of Puerto Rico Spanish department curriculum as well as the Spanish and Caribbean Studies Department Curriculum at Rutgers University. Marco Antonio is the recipient of the distinguished Cultural Arts & Entertainment Award given by The New York State Hispanic Court Officer's Society. He has also written guest commentary for national publication Latino Leaders Magazine and is the recipient of a Banff Literary Translation Centre Writing Residency in Canada. *Barceló Con Hielo (Barceló On The Rocks)*, won the national MetLife Nuestras Voces Playwriting competition as well as 4 HOLA awards which include outstanding achievement in playwriting. *Barceló On The Rocks* is a semi-finalist of the Eugene O'Neill Theater Center's National Playwright's Conference.

Barceló On The Rocks

**Wins 4 HOLA awards in
New York City:**

**OUTSTANDING PERFORMANCE BY A FEATURED
MALE ACTOR**

Iván Camilo & Javier Fano

OUTSTANDING ACHIEVEMENT IN PLAYWRITING

Marco Antonio Rodríguez

**GILBERTO ZALDÍVAR HOLA AWARD FOR
OUTSTANDING PRODUCTION**

Barceló On The Rocks wins a Latin ACE Award:

BEST SUPPORTING ACTOR

Fernando Then

Barceló On The Rocks

awarded an Independent Theatre Artist Award:

BEST ACTOR IN A LEADING ROLE

Marco Antonio Rodriguez

Reviews and Responses to
Barceló On The Rocks:

"A frequently powerful drama. Disturbingly realistic in its frankness and casual violence. Firmly in the Tennessee Williams mold. Its strength and emotional variety, its richly constructed characters and its intelligent marriage of public history and private pain are admirable."
-TimeOut New York

"Poignantly delves into the tricky torment of memory with both humor and pathos."
-The Huffington Post

"A must-see performance. Without a doubt it will soon become an emblematic play for the Dominican culture in New York."
-Stagebuddy

"A richly textured comic drama."
-NY Times

IMPORTANT NOTE FROM THE PLAYWRIGHT:

Small sections of dialogue in the play use words from the Dominican dialect. Other sections are written in broken English, Spanglish and Dominican-York; a more urban flavor that mixes English and the native Dominican Spanish (from Santo Domingo) with the Spanish of those who have been living in New York City for many years and have created their own vernacular. Many words are misspelled or truncated for rhythm and/or effect. This has been done on purpose and it is requested that no corrections be made. Specific words and/or sections are marked in italics. This denotes that their definition are found in the glossary located at the end of the play.

The "cibaeño" Dominican dialect spoken by Nino and Jaston in the original Spanish has no direct English equivalent so their dialogue has been sprinkled with subtle hints of broken and/or improper English.

It is important to note that the set, particularly the apartment, is described in a natural and realistic manner however, depending on production demands, it can be represented in abstract form with the exception of: the painting, the portable bar, the record player, a small radio, the palm and the picture of the sacred heart of Jesus.

They do not speak. They carry virgin words, making the old new. Morning knows them and awaits...

-Ellos - Manuel Del Cabral

If silence, especially the self-imposed, returns and expands amongst us, we are lost. Irretrievably lost.

-Orlando Martínez

You know quite well, deep within you, that there is only a single magic, a single power, a single salvation... and that is called love. Well then, love your suffering. Do not resist it. Do not flee from it. It is only your aversion to it that hurts. Nothing else.

-Herman Hesse, German-Swiss poet, novelist and painter.

Let me tell you, at the risk of playing the fool, that the true revolutionary is guided by great sentiments of love.

-Che Guevara

Every prison has its window.

-Gilbert Gratiant

BALAGUER HISTORICAL/POLITICAL TIMELINE STARTING FROM 1960:

- August 3rd, 1960: After years as his right hand man and confidant, Balaguer is sworn in and becomes Dominican dictator Rafael Leónidas Trujillo Molina's fourth puppet president.

- May 30th, 1961: After 30 years of dictatorship, Trujillo is assassinated. Immediately his son, Ramfis and Balaguer take total control of the government.

- October, 1961: Dominican Republic was still sanctioned by the United States because of what had transpired with Trujillo. To keep appearances that the country was on its way towards a democratic government, Balaguer announces elections and allows various parties to form. From this moment, parties such as the PRD and MPD flourish.

- October, 1961: Balaguer, in his efforts to lift the sanctions, gives a speech at the United Nations against the Trujillo regime. Many conditions were imposed by the United States to lift the sanctions including the removal of any ties to Trujillo.

- November, 1961: After capturing and killing all but two of Trujillo's murderers, and with increasing pressure from the American government and the Dominican people, Ramfis is forced to leave the country. It was the end of the Trujillo era.

- January, 1962: The United States lifts its sanctions.

- 1962: Protests against Balaguer at Independence Park turn to chaos resulting in several deaths and injuries.

- March, 1962: With growing opposition, Balaguer is forced to seek refuge within the church, where he spends 47 days waiting for permission to leave the country. He leaves for Puerto Rico then heads to New York.

- December, 1962: Elections are held. Juan Bosch wins with over sixty percent of the votes.

- February, 1963: Bosch is sworn in as president. He becomes the first democratically elected president of the Dominican Republic.

- During these years the Dominican Republic experiences only seven months of true democracy, under the presidency of Juan Bosch. Once a military coup overthrows Bosch, the country begins a tumultuous period that becomes the Civil War of April 24th, 1965. Army officers rebel against the provisional junta to restore Bosch.

- Under the pretense of eliminating a supposed communist influence in the Caribbean, United States president Lyndon Johnson deploys 42,000 troops to defeat the rebellion and take control of the country.

- 1966: The provisional government, headed by Héctor García Godoy, announces general elections. Balaguer takes advantage of this opportunity and, with his mother's illness as an excuse, requests permission to return from exile, which was granted. He forms the reformist party and enters the presidential race against Bosch, campaigning as a moderate conservative who is advocating gradual change. He quickly gains the support of the establishment and defeats Bosch, who made a rather quiet campaign for fear of any military reprisals.

- 1966-1978: Known as the twelve years of Balaguer. Balaguer found a country virtually vacant of democracy and human rights. He tried to appease the bitter survivors of the Trujillo regime and those of the 1965 civil war, but political assassinations continued during his administration. Balaguer ordered the construction of schools, hospitals, prisons, roads, and various important buildings. However, his administration soon developed its own authoritarian identity, despite constitutional guarantees. Political opponents were jailed and even killed.

- 1968: The Autonomous University of Santo Domingo (UASD) is singled out by political and military groups as a nest of anti-Balaguer propaganda. There were allegations of weapons being hidden by the university. Hundreds were arrested.

- 1969: The Autonomous University of Santo Domingo fights for the government to increase their monthly budget to 500,000 pesos. This became "The struggle for half a million." Protests against Balaguer increased.

- 1970 & 1974: Up against a divided opposition, Balaguer is easily reelected in 1970 and wins again in 1974 after changing the voting rules which led the opposition to boycott the elections.

- September 24th, 1970: Amin Abel Hasbun is brutally murdered by officers of Balaguer. Hasbun was one of the leaders in the opposition against Balaguer. Balaguer denies any involvement or responsibility in this act.

- 1971: Members of the armed forces form a group called "LA BANDA" (the band). This group is lead by one of Balaguer's police chiefs. They claim to be anti-communist and anti-terrorism and slaughter many in the name of democracy.

- October 7th, 1973: Members of the opposing parties unite to fight against Balaguer's government. In Santiago, thousands of people marched in protest. They demand the release of political prisoners, elimination of corruption and the end of the blackouts.

- May 16th, 1974: New elections are held. With little opposition, Balaguer wins his third term and immediately proposes a law prohibiting reelection for two consecutive periods.

- 1978: Balaguer seeks a fourth term in office. However, at this time, inflation was rising, and the vast majority of people had gotten little benefit from the economic boom of the past decade. Balaguer faced off against Antonio Guzmán, a wealthy landowner of the Dominican Revolutionary Party. When the election results showed a clear trend in favor of Guzman, the army halted the counting of votes. However, amid protests and pressure from abroad, Guzmán handed Balaguer the first electoral defeat of his career. When Balaguer left office, it was the first time in the history of the Dominican Republic that a president peacefully handed the power over to an elected member of the opposition.

- 1982: Balaguer runs for president again. Salvador Jorge Blanco, of the PRD party defeats Balaguer, who two years earlier had merged his party with the Social Christian Revolutionary Party to form the Social Christian Reformist Party.

- 1986: After eight years of absence, Balaguer once again presents himself as a presidential candidate and takes advantage of a division within the PRD and an extremely unpopular austerity program to win the presidency. At the time, he was 80 years old and, because of years of glaucoma, was almost completely blind.

- 1990: Amid accusations of fraud, Balaguer is reelected, defeating his old foe Juan Bosch by only 22,000 votes out of 1.9 million cast.

- January, 1994: At almost 90 years of age, Balaguer decides to run for president once again. His most prominent opponent was Jose Francisco Peña Gomez of the PRD party. When results were shared, Balaguer was announced as the winner by only 30,000 votes. However, many PRD supporters showed up to vote only to find that their names were missing from lists. Peña Gomez denounced this as fraud and called for a general strike. Amidst doubts regarding the legitimacy of these elections, Balaguer agrees to hold new elections in 1996, in which he would not be a candidate. Balaguer decides to give full support to his vice-president, Jacinto Peynado, who ends up far from becoming president. Balaguer then lends his support to Leonel Fernandez of the Dominican Liberation Party in an unusual coalition with Bosch, his political enemy of more than 30 years.

- 2000: Balaguer seeks an eighth term as president. He only takes in 23 percent of the votes, much lower than usual. On July 14th, 2002, Joaquín Balaguer dies of cardiac arrest at Domingo Abreu's clinic in Santo Domingo, at the age of 95 years.

CHARACTERS

NINO ANTONIO ORTÍZ - In his mid to late 40's or mid to late fifties. Born and raised in the Cibao region known as Juan Lopez in the Dominican Republic. He has spent most of his life in New York.

SERGIO ANTONIO NINO ORTÍZ - Nino's son. In his early to mid twenties. A little chubby (or super skinny. Depending on casting. There are alternate lines for both). Reserved and somewhat distant. Carries the responsibility of most things in the home, even caring for Nino. Although he has received some college education, he maintains some of the Dominican-York dialect and urban street flavor in his speech patterns.

DENNIS ORTÍZ - In his early to mid twenties. Younger brother to Sergio. Has a heavy stutter but is in no way shy. His energy is frantic and destructive but at the same time playful and loving. Irresponsible and sloppy. His passion is the streets. He speaks in a thick Dominican-York/urban dialect.

AURELIO ANTONIO ORTÍZ (Fello) - Nino's older brother. Rebellious and stubborn. He has received a formal college education.

DR. JOAQUÍN ANTONIO BALAGUER RICARDO - In his sixties. President of the Dominican Republic on various occasions.

JASTON MARCELIN - Young, Haitian man. Charming and handsome. Has spent most of his life in Juan Lopez, Dominican Republic.

PLACE:

-Manhattan (uptown), New York. A two-bedroom apartment in Washington Heights.

-Juan López, Dominican Republic. A humble, provincial home.

TIME:

Between the year 2004 and the years 1969-1970.

ACT 1

Silence.

Darkness.

NINO ANTONIO ORTIZ appears within shadows. He is in pajamas and slippers and pushes a portable bar. He stations himself in a corner and lights up a cigarette.

Lights.

A two-bedroom apartment is revealed. Everywhere a disarray of clothes and other articles.

A dried-up piece of palm tree in the form of a cross adorns the upper part of the front door. Below the palm: a picture of the sacred heart of Jesus in plastic encasing.

The kitchen is near the main entrance. There is a disorder of pots, pans, seasonings and boxes.

In the living room, a large window gives view to a fire escape.

A large, Caribbean countryside painting figures prominently on a nearby wall.

(The set, particularly the apartment, is described in a realistic manner however, depending on production concept, it can be represented in abstract form with the exception of: the painting, the portable bar, the record player, a small radio, the picture of the sacred heart of Jesus and the piece of palm. Everything aforementioned must be shown as realistically as possible.)

NINO: So quiet...

Beat.

Nino opens the window. The sounds of uptown Manhattan pour in: Ambulances, fire sirens, music from speakers of passerby cars, children at play in the waters of a bursting fire hydrant...

Nino walks over to the record player and places one on the turntable: the song Sin Remedio (No Remedy) by Trío Los Panchos, plays.

NINO: *ATAJA!* Now that's what I'm talkin' about! THAT is a GOD DAMN SONG!

While he sings and dances, he grabs a green glass from the bar and prepares himself a Barceló on the rocks.

¡Sin remedio! ¡Que ya no tengo remedio! ¡WEPA!

¡Pue ni arrancándome el aima, podré borrai tu pasión!

SING IT, *CARAJO!*

¡Sin remedio, que ya no podré olvidaite! LET 'EM HEAR YOU, COÑO!

¡Poique te llevo en la sangre que mueve mi corazón!

YOU KNOW IT!

No remedy! I have no remedy!

Let my soul be ravaged, I won't deny your passion.

No remedy. I won't soon forget!

I carry you within the blood that breathes life into my very soul!

Nino approaches the window.

NINO: SERGIO! SERGIO! Come here... I SAID GET YOUR
ASS OVER HERE! Come up. I have some things I need
you to get. NO! NOT LATER, GOD DAMN IT, NOW!
Christ with this kid...

Nino continues to enjoy the music.

NINO: *ESO!* THERE YOU GO!

¡Sin remedio! ¡Sin ti no tengo remedio...!

*SERGIO ANTONIO ORTIZ, a chubby (or extremely thin
depending on casting) young man in his twenties, enters:
disheveled manner, ragged jeans, untucked shirt, worn-out
sneakers, loads of gel in his hair... He carries a folded piece of
paper in his back pocket. He watches Nino for a moment then
turns off the music.*

SERGIO: Hey, pop.

NINO: Who said you could turn off my music?

SERGIO: I said hey, pop.

NINO: You the one paying rent?

SERGIO: The whole neighborhood hears you screaming like a lunatic.

NINO: Well then let them hear. (Shouting out of the window) I'M CELEBRATING LIFE, GOD DAMN IT!

SERGIO: Get out of there! You know the sun doesn't do you any good.

NINO: Ay please... A man who grew up in the countryside... *EL CIBAO:* Miles of fertile earth. Banana trees and freshly killed game. Since when is a man like that allergic to the sun?

SERGIO: Remember what happened to your skin the last-

NINO: Did you *cross yourself?*

SERGIO: Come on, pop. Every time we go in and out of this house we have to cross ourselves? This isn't church. We're not even practicing Catholics.

NINO: Says who? I read my bible.

SERGIO: The Watchtower isn't the bible.

Nino smacks him across the back of the head.

NINO: Shut your damn mouth and cross yourself!

SERGIO: I told you to quit it with the hitting-

NINO: CROSS YOURSELF!

SERGIO: Alright!

NINO: In the name of the father, the son-

SERGIO: I got it.

Sergio half mumbles the prayer.

NINO: Loud and clear! Sometimes them saints like to pretend they're hard of hearing.

SERGIO: What's that smell?

NINO: A little somethin' I cooked. Grab yourself some.

SERGIO: I'm not hungry.

NINO: Of course you're not hungry. Always eating garbage from the streets. Look at that body. As fat as a buffalo. (*Alternate line depending on casting: You never hungry. Look at that body. Looking like the living dead.*)

SERGIO: You take your blood pills?

NINO: Piece of shit pills...

SERGIO: Your problem.

NINO: I took them.

SERGIO: You have to take the rest in an hour.

NINO: If I even remember.

SERGIO: You have to. What day you take what, the amount, what time... I'm not going to be here anymore.

Sergio hands him a pillbox.

SERGIO: Here...

NINO: Looks like a coffin for mice.

SERGIO: This one's for the blood pressure. This one's in case the blood pressure pills mess with the liver. This one's in case the liver pills mess with the stomach. This one's in case the stomach ones mess with your vision. This one's in case the vision ones mess with the lungs. And these three-

NINO: So your balls don't fall off from so many damn pills.

SERGIO: I'll write everything down on a piece of paper so you don't forget.

NINO: You leave tomorrow then?

SERGIO: Yep. After the...

NINO: After what?

SERGIO: Everything's pretty much packed.

NINO: And you just dyin' to get out of here, aren't you?

SERGIO: A change of scenery is always good.

NINO: Don't take anything of mine.

SERGIO: I don't want anything of yours.

NINO: You haven't even showed me this so-called apartment.

SERGIO: It's close to school.

NINO: Okay, but where exactly?

SERGIO: Bedford Park. *The Bronx.*

NINO: Christ almighty, muchacho... That area is nothin' but black thugs and Dominican trash fresh off the boat. Pray you don't get mugged or shot. All you hear in the news is someone in that hole getting murdered every five minutes.

SERGIO: I happen to like it.

NINO: Of course you do. Just as stupid as your mother.

SERGIO: Mom has a name.

NINO: What trains run by that place?

SERGIO: The 4 and the D.

NINO: Mm... That's pretty far from here.

SERGIO: Far enough.

NINO: Don't be asking me for money after you leave.

SERGIO: I'm sharing the apartment with two other people. That and the part-time I have is plenty.

NINO: Part-time... Yeah, right. You'll be back.

SERGIO: I won't.

NINO: Get me a drink.

SERGIO: Please.

NINO: What?

SERGIO: You want something, you say please.

NINO: How about you please shut the fuck up and make my drink! Stupid idiot. Move!

Sergio prepares the drink.

NINO: One cube, you hear? I don't want a clear head.

Nino coughs and seems short of breath.

SERGIO: What's wrong?

NINO: What, I can't breathe in my own house now? Gimme my drink. Where's the ice?

Sergio grabs an ice cube from the kitchen.

SERGIO: Did you finally get some sleep?

NINO: What are you talking about?

SERGIO: You told me you were seeing things, remember?

NINO: I didn't say I was seeing things. I'm not a psycho like your mother.

SERGIO: Her name is Norma.

NINO: AB-NORMAL is more like it! What I said was that I felt somethin' strange.

Nino attempts to light a cigarette.

SERGIO: Your stomach hurting again?

NINO: Not that. It's like... Somebody watchin'.

SERGIO: Who?

NINO: I swear with these piece of shit lighters... Not worth a piss.

SERGIO: The doctor said you need to stop-

NINO: Here. Fix it.

Sergio shakes and flickers the lighter then attempts to light up Nino's cigarette.

NINO: Watch it! You wanna burn off my face?
SERGIO: Seriously, pop.

Sergio lights up the cigarette.

SERGIO: Your pajama shirt is crooked.

NINO: Crooked?

SERGIO: The buttons. Let me fix-

NINO: It's fine.

SERGIO: You're cold.

NINO: I'm good.

SERGIO: Like a block of ice-

NINO: *Que te heche pa' allá!* Get away!

Loud, hip hop music pours in from the streets.

NINO: Oh great. Here we go with them black thugs and their gangster music.

SERGIO: You play yours they play theirs.

Nino leans over the window.

NINO: TURN THAT SHIT DOWN! THIS ISN'T ONE OF YOUR GOD DAMN AFRICAN JUNGLES!

SERGIO: Get out of there!
The music dissipates.

NINO: Bunch of monkeys.

SERGIO: What is it you want me to buy so I can go and get it.

NINO: Buy?

SERGIO: You were yelling out the window for me to--

NINO: Oh. Right.

SERGIO: Why don't you just let Dennis do it? That way he gets use to it. I'm not going to be here-

NINO: Pack of Marlboros. Red box. Careful because last time you got the white.

SERGIO: I didn't get the-

NINO: You got the white.

SERGIO: I got the white.

NINO: Here...

Nino grabs his wallet from his pajama pocket.

SERGIO: You have your wallet in your PJ's?

NINO: You know Dennis takes my money.

SERGIO: He takes it because you give it to him. I bet you don't even know where he is.

NINO: Of course... He's looking into that GED thing.

SERGIO: And you believe that?

NINO: Five, ten, twenty. And grab me a can of sardines in olive oil, a pack of Gilletes, two dollars worth of plantains, some sausage to make a *locrito* tomorrow, you know... Oh, but the "campesino" brand, got me?

SERGIO: This isn't enough to buy all that stuff.

NINO: Well then you put in the rest. Aren't you all independent now with a part-time job?

SERGIO: Fine.

NINO: Come here. Bring back the change.

SERGIO: Yes.

NINO: And a receipt.

SERGIO: Right.

NINO: And don't you dare get anything from them Dominicans downstairs. Bunch of thieving hicks.

SERGIO: Okay.

NINO: OH! Get over to Yubeiki's and put five bucks on a pair. 19... with 44. Maybe I'll finally hit somethin'. I mean, shit, if the spirits are gonna show me numbers in dreams what the hell is the point of them coming out backwards, right?

SERGIO: You're the one that keeps betting-

NINO: Run the numbers by me again.

SERGIO: 19 with 44. Be right back-

NINO: What is that?

SERGIO: Hm?

NINO: That thing sticking out of your pocket.

SERGIO: Oh... Nothing.

NINO: You better not be up to anything shady.

SERGIO: I'm not Dennis.

NINO: I asked you a question.

SERGIO: My friend asked me to draw him.

NINO: Drawing... I see. So that's why you wanna leave? So you can go back to that bullshit?

SERGIO: It was just something quick.

NINO: Let's see.

SERGIO: It's nothing-

NINO: Let me see!

Nino snatches the paper from Sergio's pocket.

NINO: This looks like Jesus Christ.

SERGIO: Come on-

NINO: You drawing boys that look like Jesus Christ? I don't want no faggot kids, ya hear me?

SERGIO: Oh my God.

NINO: I told you there's no future in this doodling crap.

Nino crushes the paper and throws it away.

SERGIO: Don't throw my stuff away.

NINO: It's garbage.

SERGIO: I thought you liked art.

NINO: Excuse me?

SERGIO: You've had that thing hanging up there for ages. So then...?

NINO: That's nothing.
SERGIO: It's a painting.

NINO: It's somethin' else.

SERGIO: What is it then?

NINO: When are you graduating with this so-called business degree?

SERGIO: I don't know. I have core classes to finish.

NINO: You need to speed it up.

SERGIO: Uh huh...

Nino smacks Sergio across the back of his head.

NINO: Don't "uh huh" me, you hear, coño?! Don't "uh huh" me!

SERGIO: Alright!

NINO: Piss me right the fuck off with that stupid "uh huh." Sounding like a God damn caveman. You told me you were gonna stop with that faggot bullshit but I still see little pencils and papers scattered all over.

SERGIO: Jesus-

NINO: You wanna stay in that piece of shit job the rest of your life? Is that it? A collection agency? No benefits? Don't come knockin' over here when you need somethin'.

SERGIO: I'm not going to knock-

NINO: I already told you to find a nice gringa in school to help you out.

SERGIO: Blond hair and blue eyes, right?

NINO: Of course! She can hook you up with a good job.

SERGIO: Because only white girls can hook me up?

NINO: Better than that trash you hang with now. Always pregnant. Breeding like hamsters. Didn't even finish high school. Can barely even read.

SERGIO: You can barely read.

NINO: Listen, you son of a... I didn't come from that piece of shit country to raise gangsters, you got me?

SERGIO: Uh huh- I mean yes.

NINO: Look at you. Hunched over. Slouched... Pathetic. Don't even carry yourself like a professional. Look at that face. *Ay, dio' mío*, that face. Who's gonna hire that death mask?

SERGIO: You done?

NINO: I'm just getting started.

SERGIO: I'll see you later-

NINO: Don't you take a step!

SERGIO: Man...

NINO: Dressed like a bum... Shirt undone, sneakers that look like two giant turds... And how many times have I told you to stop combing your hair like somebody took a piss on it. I'm surprised you don't have it in an afro. Always hanging around those black monkeys.

SERGIO: They're African American.

NINO: They're thug criminals. That's what they are.

SERGIO: What is your deal with black people? You're black.

NINO: I have Spanish blood!

SERGIO: From who? Your fourth cousin twice removed?

NINO: You are really stretching the limits of my patience today, aren't you?

SERGIO: God almighty-

NINO: What you should be doing is following in Julio Cesar's footsteps.

SERGIO: Who?

NINO: Your brother. Julio Cesar. What, you forget? May not be from the same mother but you still related.
SERGIO: And when was the last time that person even called over here?

NINO: Well "that person" knows how to do things right. He just finished school. Graduated in three years. Says he's gonna be a teacher. And you... drawing boys that look like Jesus Christ.

SERGIO: Is he moving back from Texas?

NINO: I don't know about that.

SERGIO: He should.

NINO: What do you mean?

SERGIO: Well, since he's so good at doing things... Maybe he can help.

NINO: With what?

SERGIO: You didn't tell him what was going on?

NINO: Nothing is going on.

Pause.

Hurry up before it gets late.

SERGIO: They called from the hospital last night.

NINO: Last night?

SERGIO: On my cell. I told them to call you directly but-

NINO: Why did they call so late?

SERGIO: To talk about last week's tests.

NINO: Milking me for every dime they can get. They can all kiss my ass.

SERGIO: It's not that. They want you to...

NINO: What?

SERGIO: You know...

NINO: Do I look like a mind reader?

SERGIO: They want you to go to the hospital in the morning to take that thing out of your stomach. Before it spreads.

NINO: Spreads?

SERGIO: In your body.

NINO: In my... So...?

SERGIO: Right.

NINO: Tomorrow morning?

SERGIO: They caught it early enough and think if you-

NINO: So soon?

SERGIO: They want to do surgery to see if-

NINO: Tomorrow morning?

SERGIO: If they can't take it out-

NINO: Am I gonna to die?

SERGIO: No no no. Let me explain-

NINO: What else did they say?

SERGIO: They're supposed to call back with a check-in time.

NINO: And you tell me this now?

SERGIO: I was waiting-

NINO: For what?

SERGIO: To see if your disability got approved. They were supposed to call today-

NINO: Disability? You told people at work that I'm sick?

SERGIO: You can't keep cleaning offices-

NINO: I'm not sick.

SERGIO: Well then what are you?

NINO: YOU MOTHERFUCKER! DEATH IS NOT COMING IN THIS HOUSE, YOU GOT ME?!

Nino hurls various things in Sergio's direction.

Pause.

SERGIO: I'm not cleaning up your mess.

Sergio leaves.

Balaguer roams within the shadows.

Pause.

NINO: Tomorrow morning...

BALAGUER (IN THE SHADOWS): No tears...

NINO: I'm not going to that hospital.

BALAGUER: No funerals. No prayers...

NINO: I'm not going to that place.

BALAGUER: Better yet... Play music. Dance. As if nothing happened.

DOCTOR JOAQUÍN BALAGUER ANTONIO RICARDO
appears dressed in his typical black suit, fedora hat and glasses.

NINO: Christ...

BALAGUER: Not exactly.

NINO: Heavenly father.

BALAGUER: Far from it. Doctor Joaquín Antonio Balaguer Ricardo.

NINO: *The red rooster* himself.

BALAGUER: I prefer poet. Advocate. President of our republic and the father of Dominican democracy.

NINO: Long time since you been buried.

BALAGUER: Too long.

NINO: You the one been watching.

BALAGUER: It's getting cloudy.

NINO: I'll go catch some light before it's gone-

Nino clutches at his stomach in pain.

BALAGUER: Your body can't take it. Go at night.

NINO: The moon doesn't warm the body.

BALAGUER: It leaves it cold.

Balaguer turns on the radio/cassette player: static and voices that seem to come from afar. Radio Guarachita introduces Vinicio Franco's Navidad Con Libertad (A Freedom Christmas).

RADIO DJ (VO): And on this glorious, almost departed year of 1969... At just months before the anticipated elections, we are pleased to share a tune that carries the spirit of our beautiful *Quisqueya* within its potent words and beautiful melody. A Freedom Christmas...

The song plays.

A cigarette is lit by an unseen presence.

AURELIO "FELLO" ORTÍZ appears with cigarette in hand.

AURELIO: Enough of that nonsense. Hey... You hard of hearing?

Aurelio changes the station. He stops at one that plays Johann Sebastian Bach's Brandenburg concerto No. 3 in G major, BWV 1048 - Allegro.

It is December, 1969. A humble home in Juan López, a province of Moca. This is a region in the Dominican Republic known as "El Cibao."

AURELIO: There we go. Now THAT is some real music, brother!

NINO: Sounds like somebody torturing violins.

AURELIO: It was composed by Bach.

NINO: Behk?

AURELIO: Baaach.

NINO: It was composed by a goat?

AURELIO: Classical music. Listen.... The mark of its rhythm. The beats in each movement. Years of hard work to create perfection.

The vase in which the virtuous flower perished-

NINO: Here we go with the poetry recitals-

AURELIO:

The vase in which the virtuous flower perished...!

a gentle gust of wind was its root.

So swift was its stroke, nary a sound it made.

Thus the dearest hand that touches our hearts,

slowly opens a secret wound.

It is then the flower of hope withers.

Pause.

NINO: Not a clue what you just said.

AURELIO: French poet Sully Prudhomme. It means-

Nino shuts off the music.

NINO: You want some of the lambí I made?

AURELIO: You know I don't eat that provincial garbage.

NINO: Excuse you! Being in college does not make your farts smell any rosier.

AURELIO: How about some coffee?

NINO: God no. I always burn it.

AURELIO: Mamá's shown you a thousand times and you still can't figure it out?

NINO: That outdoor fogón thing is too confusing!

AURELIO: How does anybody even burn coffee?

NINO: Enough with the coffee. Come over here a minute. That disaster you call hair is all over the-

AURELIO: Do I look like an infant?

NINO: Pardon me, oh fragile one.

AURELIO: Pass me the comb.

NINO: You're in a hurry.

AURELIO: Uh huh...

NINO: Where you goin'?

AURELIO: Pour me a drink.

NINO: Hm... Don't get back here late.

AURELIO: Uh hm...

NINO: That *guayabera* mamá got for you is really nice.

AURELIO: You can borrow it anytime

NINO: Of course not. It's yours.

AURELIO: And yours. Anything good that comes into this house, we share.

NINO: Let's take a look... Yep. Those pants!

AURELIO: You sure?

NINO: They go perfect with that shirt.

AURELIO: I'm switching.

NINO: Why?

AURELIO: You have questionable taste, Nino. Always dressed like you came out of a jungle.

NINO: That head of yours is stuck way up your ass, you know that?

AURELIO: It costs nothing to have a little class.

NINO: But it certainly costs plenty to wear that shirt you have on.

AURELIO: *"Dignity consists not in possessing honors, but in the consciousness that one deserves them."*

NINO: Enough with the reciting.

AURELIO: Stated by Aristotle.

NINO: More like Aris-Nutbag.

AURELIO: I'll lend you the guayabera tomorrow.

NINO: I just told you I don't want it.

AURELIO: That way you impress the girlfriend.

NINO: What girlfriend?

AURELIO: Aren't you with that girl... What's her name? The one with the big-

NINO: Her name's Norma. And I'm not with her. We're... ya know... Getting to know each other.

AURELIO: That's great. Norma's educated. Pretty. With big-

NINO: Fello!

AURELIO: Much better than that bumpkin you were with. What was her name...? Tight?

NINO: Her name's Luz!

AURELIO: How appropriate.

NINO: Hey!

AURELIO: Darting off to New York to be with those piece of shit Yankee gringos. I'm sure she'll have a great old time. Anyway, whether its Norma or that "Loser" girl-

NINO: Luz!

AURELIO: At least the weirdness with the Haitian is over and done with.

NINO: Don't start with Jaston.

AURELIO: You see? Right away on the defense.

NINO: No defense. We've been friends since we were kids.

AURELIO: That person is friend to no one.

NINO: You just don't like that Jaston is a *Balaguerista*.

AURELIO: He's an idiot. That's what he is. Conveniently forgetting that Balaguer and Trujillo are cast from the same mold.

NINO: Not true. Balaguer is very different than Trujillo.

AURELIO: *"When one allies oneself with the enemy, one also follows the practices of said enemy."*

NINO: Let me guess... Juan Bosch, right?

AURELIO: PROFESSOR Juan Bosch. The one who's going to-

NINO: Yeah, yeah. The one who's gonna take back the presidency.

AURELIO: It's going to happen!

NINO: The man was overthrown in '63.

AURELIO: By those nosy Americans! Accused of being a communist by Johnson's people. Can you believe something so-

NINO: PLEASE! Do NOT start with the blessed politics

AURELIO: You just be careful with that waste of space. That's all I'm saying. There's been talk.

NINO: What talk?

AURELIO: If you're with this Norma girl don't worry yourself about it.

NINO: Here's your drink.

AURELIO: What is this habit you've gotten into of giving me that glass?

NINO: It was papás.

AURELIO: I'd like my drink in another, please.

NINO: You are a real pain in my ass, you know that?

AURELIO: Hand me the belt.

NINO: You still haven't told me where you're going.

AURELIO: Around.

NINO: Around where?

AURELIO: A meeting.

NINO: What meeting?

AURELIO: Just a meeting.

NINO: *O&M?*

AURELIO: No.

NINO: You still hanging with those people from *UASD?*

AURELIO: And what if I am?

NINO: What exactly are you up to?

AURELIO: Didn't you just say you didn't want to hear about politics?

NINO: I asked you a question, Aurelio.

Aurelio grabs a small notebook and throws it over to Nino.

NINO: What's this?

AURELIO: Open it.

NINO: All I see here is chicken scratch. You know I can hardly... I mean, these eyes of mine... I think I need glasses.

AURELIO: They're names. Look... Guido Gil: Disappeared. Senator Casimiro Castro: Attempt on his life. Commander Pichirilo: Assassinated. Orlando Mazarra: Assassinated. Luis Parris: Assassinated. This list alone has over a hundred.

NINO: Why do you carry all those names?

AURELIO: So they're not forgotten.

NINO: Careful, Fello-

AURELIO: It's up to us to bring about change. Each person in their own, respective country...

NINO: Papá put his trust in *Trujillismo* following those same ideas and look what happened to him.

AURELIO: ...no foreign masters. Like the Cubans.
NINO: Cubans?

AURELIO: Establish a classless society. Far from governmental authority.

NINO: Listen, boy-

AURELIO: Don't call me boy!

NINO: Well then stop acting like one! There's nothin' for you in Cuba. That place is rotting in communism.

AURELIO: Why is it that anything not immediately understood automatically classified as communism?

NINO: Just hurry and get back. We have to get to the store and help mamá.

AURELIO: I'm sick of that damn store.

NINO: That damn store, as you call it, has given us plenty.

AURELIO: And what exactly do we have? Tin roofs and clay floors. The government takes everything and Balaguer just keeps buying out politicians for support. That son of a bitch Trujillo is murdered and another shark enters the waters.

NINO: Give him a chance. Balaguer is just getting started.

AURELIO: A man who served over thirty years under Trujillo's dictatorship isn't just getting started.

NINO: Well... At least they're fixing roads. Building hospitals-

AURELIO: And that means the dictatorship is over? Every time you turn around they're celebrating the inauguration of a traffic light or the opening of a new road. Why do you think that is? That's how they cover it up.

NINO: Cover what up?

AURELIO: Dictatorships often hide under the wings of democracy.

NINO: Mamá sent you to school to get a career. Not get mixed up with a bunch of fanatics.

AURELIO: You all wanted me to go to university. Well, there's a cause brewing at university.

NINO: Causes don't pay electricity. Food. The clothes on your back.

AURELIO: But they sure as hell facilitate it.

NINO: Coño, Aurelio, just stop!

AURELIO: How can you of all people ask me that? You saw papá! Bloody mouth. Eyes swollen shut. A father I barely remember because they left him dismembered on a street like a dog. Exposed! Rotting in a corner until no one could stand the smell! And now the same little man that worked with that government is PRESIDENT! How quickly we forget. That's why everything repeats.

NINO: You're a student. Not a politician.

AURELIO: The more you learn the more you live in disappointment. Maybe that's why there's so many illiterates in this country. Perhaps it's better to be deaf and blind.

NINO: Don't talk like that.

AURELIO: Then open your eyes, hermano! Learn! Look, if you want I'll help you-

NINO: I don't have time for that.

AURELIO: But you certainly have time to spend the rest of your life selling plantains in a run down store. Giving your soul away to that piece of shit Balaguer-

NINO: Shhh!

AURELIO: That traitor, murderer, puppet-

NINO: Careful they don't hear you!

AURELIO: And what if they do? Aren't we in a supposed democracy?

NINO: Lower your voice-

AURELIO: The professor was right...

NINO: Quiet-

AURELIO: "Democracy is a luxury enjoyed by the wealthy-"

NINO: SHUT UP!

AURELIO: YOU ARE NOT MY FATHER SO DON'T TELL ME WHAT TO DO!

NINO: I MAY NOT BE YOUR FATHER BUT YOU SHOW ME SOME RESPECT!

Pause.

Aurelio heads for the door.

NINO: Cross yourself!

AURELIO: I don't believe in that bullshit anymore.

Aurelio leaves.

Nino hurries to the kitchen

BALAGUER: Where are you going?

NINO: I have to make coffee.

BALAGUER: In the middle of a memory?

NINO: It's my memory and I can have coffee in it if I want to. You have a problem with that? You've probably never brewed. Listen... To get a really good brew of coffee first you boil a pot of water-

BALAGUER: Running from your country yet brewing coffee exactly as rooted in the blood-

NINO: You pour the coffee and stir with a clean, tin cup. Up and down... Simmer for a while then through the strainer... But it has to be the strainers that look like they're made out of a stocking, ya know? Not that metal junk. Carefully sift it through... Sweeten to taste... Ready to go. Oh! Don't forget the milk straight out of the cow and a warm, fresh *mantecaito* on the side to dip it in... Goodness... Been so long.

BALAGUER: Remnants of a useless memory.

DENNIS ORTIZ, a young man in his twenties (and heavy stutterer) enters chewing gum: pants falling half way down his waist, oversized shirt imprinted with a giant image of Pablo Escobar. Unkept hair, tattoos, various body piercings... He grabs Nino in a strong embrace.

DENNIS: WEEEPA! M-MAKE WAY DOT COM! THE MASTER BLASTER'S IN DA HOUSE, YO! WADDUP, M-M-MY PAPACHI POPS?

NINO: Get off me!

DENNIS: Damn... You m-mad cold.

NINO: I said off!

DENNIS: L-Like a block of ice.

NINO: You cross yourself?

DENNIS: I don't believe in that bullshit.

NINO: Show some respect.

DENNIS: Gimme twenty bucks.

NINO: Twenty knocks upside your head is what I'm gonna give you.

DENNIS: My sweet little poopie papi cutie-

NINO: Coño, get out of my face!

DENNIS: Wassup?

NINO: You know I don't like that clingy crap.

Dennis plays with the gum in his mouth. His words barely intelligible.

DENNIS: Who w-were you talkin' to?

NINO: What?

DENNIS: I heard you talkin' to somebody.

NINO: Will you spit out that gum? Christ... Stuttering AND chewing gum? Can't understand a lick of what you say.

Dennis throws the gum over to the trash, basketball style.
NINO: Don't throw that- I swear with this boy-

DENNIS: Don't call me boy.

Dennis takes off his shoes and throws them where they may fall.

NINO: Hey... Look at me. Hello? I'm talkin' to you! Pick those up.

DENNIS: Laterz-

NINO: NOW!

DENNIS: Alright! Damn, kid. Chill with the barking.

NINO: And what is this? What are you wearing? Pull up those pants! Showing everybody your underwear.

DENNIS: That's how we roll, *B.*

NINO: Don't call me B! Do I look like I make honey?

DENNIS: No probs.

NINO: And take off that stupid shirt. You know I can't stand it.

DENNIS: It's P-Pablo Escobar. The number one Don, kid.

NINO: A murderer is what he is. Flaunting it around as if it were fashion?

DENNIS: Come on, pops. N-Now you wanna dictate what I can-?

NINO: Off!

Dennis pulls off the shirt. Underneath he has a t-shirt.

DENNIS: Damn, yo... Pain in my ass dot com.

NINO: What was that?

Dennis bursts into a Bachata song and dance (something from the band Aventura, Romeo Santos or Prince Royce, for example).

DENNIS: EPA! Tinku tinku tinku tinku tinku...

NINO: This fool... Crazier than a one-eyed bird.

DENNIS: Um um um!

NINO: Look at you. You look like an orangutan.

DENNIS: P-Party time dot com! Let's jam this up, papi-

NINO: Get out of here!

DENNIS: WEEEEEPAAAA! My-My-My-My Mac Daddy daddy, yo!

NINO: My-My-My... What are you now, the roadrunner?

DENNIS: Man, shut up.

NINO: Don't tell me to shut up. Watch yourself.

Dennis continues to sing as he searches for something to eat in the kitchen. Nino makes himself another drink.

DENNIS: Yo, pops!

NINO: Mm.

DENNIS: This fridge b-be like a swimmin' pool. Ain't nothin' but water.

NINO: Come here and have some *lambi.*

DENNIS: Lamber who?

NINO: Lambi. I made some right there.

DENNIS: What's that?

NINO: Like a seafood stew.

DENNIS: Is it Dominican?

NINO: Yes.

DENNIS: F-First time I ever hear you mention it.

NINO: It should still be warm. Try some.

Nino uncovers the pot.

DENNIS: UGH! That stuff smells like open ass!

NINO: Just try it and see!

Nino gives Dennis a spoonful which he quickly spits out.

DENNIS: Shit taste like balls!

NINO: You've had balls to know what they taste like? I'll make you a plate-

DENNIS: I said I d-d-don't want that nasty stuff, yo!

NINO: You are something else.

DENNIS: Why you cookin' all this, anyway? I thought you c-c-couldn't stand el patio?

NINO: Patio?

DENNIS: That's what we call D.R. around the block.

NINO: I never said I can't stand my country.

DENNIS: Pss. Whatevz. Always c-complainin' that the electricity comes and goes. That you h-had to walk with uncle Fello to get water from a... Whatchu call that thing?

NINO: A *tina*.

DENNIS: Right. But then you always be drinkin' Dominican rum and c-c-cookin' Dominican food. And l-lookin' at all them corny Dominican shows on cable t.v. So wassup?

NINO: It's not the country I can't stand, Dennis. It's what's in the country.

DENNIS: What's over there?

NINO: Will you stop talking nonsense already?

DENNIS: Wh-Where is it we from?

NINO: Didn't I just tell you to stop!

DENNIS: I wanna know!

NINO: I told you like a thousand times!

DENNIS: Tell me again!

NINO: Juan López. El Cibao. And there's no WE. You are from right here. The United States.

DENNIS: I wanna see the mother land.

NINO: Here we go.

DENNIS: We should visit.

NINO: Right. Spend my hard earned money in that backwards dump? I don't think so.

DENNIS: See what I mean? You c-can't stand it.

NINO: You wanna go, get your own ticket. Or ask your loca of a mother to get it for you.
DENNIS: You a cheap ass, B.

NINO: Stop calling me bee!

DENNIS: Whatevz.

NINO: And enough with the "whatevz"! Where exactly were you?

DENNIS: W-W-W-W-

NINO: Spit it out!

DENNIS: I get stuck!

NINO: Got that right.

DENNIS: I w-was shootin' hoops w-with my boy Max.

NINO: You mean you were at that park.

DENNIS: What's your beef with *the cloisters*?

NINO: You go there to smoke that garbage.

DENNIS: Ain't n-nothin' wrong with a little herb, pops. It's mother nature.

NINO: Mother stupid is what it is. Remember what the probation officer told you. One more and you won't get out. You know those straight out of the boat Dominicans are just a bunch of drug dealing thugs.

DENNIS: They my friends.

NINO: Those hicks are friends to no one. Get your shit together and grab your GED. Isn't that what you told me you were looking into?

DENNIS: I got busy.

NINO: With what? You don't do anything. I sure as hell hit the jackpot with these two retards. Sergio hangin' with black people and you with Dominican thugs. Can barely wipe your own asses. Just as stupid as your mother.

DENNIS: Don't start with mom.

NINO: I'll start with whoever the hell I want! Why do you always defend her?

DENNIS: She's my moms, yo!

NINO: Oh really? Taking off and dumping you and Sergio like a pair of animals? That's a mother?

DENNIS: It wa-wasn't me and Sergio she dumped.

NINO: Listen you piece of... Stop talking so much shit and go clean the bathtub, you got me?!

DENNIS: You trippin'. Serge the one always be-be doing that.

NINO: He's leaving.

DENNIS: And you believe that? He'll be back.

NINO: He says he won't.

DENNIS: Well then f-find somebody else to do it for you.

NINO: Excuse me?

DENNIS: N-Not my fault you all jacked up.

NINO: Nobody here's jacked up you under-

Nino attempts to slap Dennis behind the head the same way he does with Sergio but Dennis blocks him.

DENNIS: Ey. Watch it. I ain't Serge.

Dennis puts his shoes back on.

NINO: Back to the streets?

DENNIS: Better than this joint.

NINO: You just got here.

DENNIS: All you do is b-bark all day, man. That gets tired.

NINO: Here...

Nino pulls the wallet out of his pajamas.

DENNIS: What?

NINO: The twenty bucks you asked for.

DENNIS: Oooooh! Mr. man hidin' m-merchandise up in his pj's. Little secrets dot com!

NINO: Just take it.

DENNIS: Gimme twenty more.

NINO: Get the hell out of here!

DENNIS: Sweet!

Nino grabs his stomach.

DENNIS: What is it?

NINO: Nothing.

DENNIS: Don't look like nothin'.

NINO: This stomach of mine... Gets messed up every now and again.

DENNIS: You want Sergio?

NINO: I'll be fine.

DENNIS: But I mean-

NINO: Sit with me for a minute.

DENNIS: You gonna chill with the barking?

NINO: Sit down, boy.

DENNIS: Stop calling me boy.

Dennis collapses onto a chair like a little boy.

NINO: Don't throw yourself on the chair like that!

DENNIS: See what I'm sayin'?

NINO: I'm not gonna let you destroy my house either.

Dennis puts his feet up on the table.

NINO: Feet. Down!

DENNIS: Yes, my captain!

NINO: Look at the time... I told Sergio to go to the store over an hour ago and he's still not back.

DENNIS: I saw him j-jet out of here. All serious and shit. Th-That's why I came up.

NINO: He didn't tell you the hospital called last night?

DENNIS: No. Something wrong?

NINO: You know... Same broken record.

DENNIS: G-Gimme the loot and I'll get what you need.

NINO: More like you'll disappear.

DENNIS: Serge ain't the only one that kn-knows how to do stuff around here.

NINO: It's not that he knows how to do things, Dennis. It's that he does them.

DENNIS: Well then d-don't let him leave.

NINO: I can't force him.

DENNIS: Tell him you don't wa-want him to go.

NINO: You tell him.

DENNIS: Yeah. Okay.

NINO: You know if he's drawing again?

DENNIS: F-Far as I know he stopped.

NINO: I saw him carrying around some chicken scratch.

DENNIS: Word? That's dope.

NINO: Dope?

DENNIS: He a badass with that stuff, man.

NINO: I've sacrificed way too much for him to make that bullshit a career.

Loud thunder spreads through the apartment.

DENNIS: Daaamn... B-Big storm cookin'.

NINO: And you wanna be out on the streets. I swear with this kid...

DENNIS: Let's hook up the crib, pops. Ease up the joint with a little noise.

NINO: Don't turn that on.

DENNIS: It be like a funeral up in this place.

NINO: There's no funeral here.

Dennis turns on the radio. A raggaeton song plays. He dances. Nino turns it off.

DENNIS: Wassup? You always b-blasting your music anyway-

NINO: I don't wanna hear it right now.

DENNIS: Why not?

NINO: Because I don't!

Dennis switches the radio back on. El Trío Los Panchos' song, Sin Remedio, plays.

NINO: You hear what I said?

DENNIS: That song is mad weird...

NINO: TURN IT OFF!

Nino turns off the radio. Dennis vanishes within the shadows.

BALAGUER: Beautiful melody.

NINO: Get out.

BALAGUER: A spell...

NINO: I don't want it here.

BALAGUER: A conjuring...

JASTON, a handsome, Haitian man appears behind Balaguer.

JASTON: Bèl nonm...

It is February, 1970 in the Dominican Republic. Two months after the last scene in Juan López.

JASTON: What's wrong, boy? You look as spooked as a one-eyed bird.

NINO: I was in another time.

JASTON: What?!

NINO: I mean... Its been so long.

JASTON: Are you gonna invite me in or are you waiting on the rain?

NINO: Come in, Jaston.

JASTON: Lieutenant.

NINO: What?

JASTON: Now I'm Second Lieutenant Jaston Marcelin.

NINO: That fast?

JASTON: You wanna see the march I lead?

NINO: Not really-

Jaston demonstrates his march.

JASTON: One, two, one, two, HUT!

Beat.

NINO: Is that it?

JASTON: What do you mean is that it? Blood and sweat went into getting that privilege you see right there.

NINO: Well, then... Congratulations.

JASTON: Who would have thought it, right? Had this been Haiti I would have rotted.

NINO: Nice uniform.

JASTON: Thank you.
NINO: If only it didn't fit you so well.

JASTON: It's gonna fit even better when it's filled with medals. You should join. I can put in a good word so they can place you in my unit.

NINO: I don't get involved with that kind of stuff.

JASTON: But your brother does.

NINO: You hungry? You want some-

JASTON: How's everything?

NINO: Neither here nor there, as they say.

JASTON: Oh! Just a moment... So nobody talks.

Jaston does the sign of the trinity by the front door in an exaggerated manner. They laugh.

NINO: Happy new year.

JASTON: 1970 arrived over a month ago.

NINO: I know. I just... I hardly ever see you anymore.

JASTON: Lately you always running from me.

NINO: Because you always with all that military stuff.

JASTON: You scared of it?

NINO: No... Should I be?

JASTON: You shut off the music. It was the song, right?

NINO: Didn't even notice.

Jaston sings in sotto.

JASTON

Sin remedio. Que ya no tengo remedio.
Pue ni arrancándome el aima, podré borrai tu pasión...

JASTON: Here.
Jaston hands him a folded piece of paper.

NINO: What's this?

JASTON: Open it and see, boy!

Nino unfolds the paper.

NINO: Is that me?

JASTON: Who else, bèl nonm?

NINO: It's in pencil.

JASTON: I don't have my tools anymore.

NINO: Because you left school.

JASTON: To serve my country.

NINO: Your country.

JASTON: THIS is my country.

NINO: Right.

JASTON: You like?

NINO: Um hm.

JASTON: You still haven't put up the big one I made for you.

NINO: I don't want people to talk.

JASTON: Who's gonna talk? That brother of yours? He needs to keep his big mouth shut 'cause they talking about him too.

NINO: What do you mean?

JASTON: The last few months he's been spotted over at O&M with a group from UASD.

NINO: Probably just friends... You want some coffee?

JASTON: What, so you can burn it?

NINO: Ha ha. Very funny. We also have Barceló. I can make you-

JASTON: I don't get you people... Up and down the streets protesting there's no money for food and clothes but you certainly have it for rum.

NINO: You want the drink or not?

JASTON: Only if you have one with me.

NINO: You know I don't drink.

JASTON: Just one, bèl nonm. Come on...

NINO: I'll get some ice.

JASTON: Forget that.

NINO: I know you like it on the rocks-

JASTON: We'll do it straight up. No filters.

Nino prepares and serves the drinks. Thunder strikes.

JASTON: Damn... There's a big storm cookin'. Open up the windows. Let some air in.

NINO: Better if we keep them closed. Here's your drink.

JASTON: Where's yours?

NINO: Right here.

JASTON: Isn't that your father's glass?

NINO: Yes.

JASTON: I thought you were gonna give it to Fello.

NINO: He doesn't seem to want it.

JASTON: Ready? One, two- WAIT!

NINO: What?

JASTON: Look me in the eyes.

NINO: Why?

JASTON: They say when you don't look someone in the eyes during a toast it's gonna be a looong time before you make love again.

NINO: You are so full of it.

JASTON: I'm not taking any chances! Look me in the eyes, coño. Cheers!

They shoot the drinks.

NINO: Ugh! Tastes like armpit!

JASTON: Another one!

NINO: I'm done.

Nino makes Jaston another drink. The rain falls with thundering force.

JASTON: Listen! The sound of rain falling on tin rooftops. Nothing better. In a little while the smell of earth will come right in.

NINO: What's with you?

JASTON: What do you mean?

NINO: You're acting a little strange.

JASTON: Said the pot to the kettle.

NINO: I'm not the one talking about "rain falling on rooftops" and "the smell of earth"... Showing up with no notice-

JASTON: Now I have to notify?

NINO: Come on, Jaston. I know you.

Jaston shoots the second drink.

JASTON: That little UASD group has another protest planned in the city. You tell your brother it's best he doesn't show up.

NINO: He hasn't said anything to me about that.

JASTON: There's been several meetings he's been linked to and there are certain individuals following his thread.

NINO: People like to gossip.

JASTON: I'm not just talking about regular folks, Nino.

NINO: You mean... *Caliés?*

JASTON: Don't use that word. They're informants.

NINO: Those were Trujillo's ways. We're in a democracy now. Fello has the right to protest if he wants to.

JASTON: So then he is up to something-

NINO: I didn't say that-

JASTON: Come here.

NINO: Don't start.

JASTON: I said come here.

Jaston unbuttons his shirt.

JASTON: Me wearing this uniform doesn't change a single thing.

Jaston sits on the floor and invites Nino to do the same.

NINO: Your suit's gonna get filthy.

JASTON: All things filthy get cleaned up.

Once again, Jaston invites Nino to sit.

NINO: Alright.

JASTON: ...Seems like yesterday we were flying kites: "There they go! The pretty white boy with the hideous Haitian."

NINO: I never saw it that way.

JASTON: And you just loved playing cowboys and Indians, remember?

NINO: This is true.

Jaston pretends to shoot guns like a cowboy while Nino shouts like an Indian.

JASTON: AHA! I GOT YOU!

NINO: CATCH ME IF YOU CAN!

JASTON: I'M GONNA LASSO YOU UP WITH MY ROPE!

NINO: AND I'M GONNA STRIKE YOU WITH MY ARROW!

JASTON: OH NO!

NINO: FUA!

They laugh.

JASTON: You always wanted to be the Indian.

NINO: And you always liked to capture me.

JASTON: And tie you up real good.

NINO: Hey. Watch it now.

JASTON: Let me see your hand.

NINO: For what?

JASTON: They say if you have a perfect "M" written on the palm of your hand it means long life.

NINO: You go a lot by what people say, don't you?

JASTON: Let me see. Uh oh...

NINO: What?

JASTON: All I see here is a giant "X!"

They laugh.

NINO: Fool.

JASTON (SINGS IN SOTTO):

Sin remedio. Sin ti no tengo remedio.

Y aunque e' veigüenza rogaite a que caime mi doloi.

JASTON & NINO (LOUD)

Sin remedio he venido a suplicaite,
y a decite que 'toy loco sin remedio poi tu amoi!

No remedy! Without you I have no remedy!

And though it is shameful to beg for the soothing of my pain...

I come to you pleading.

My incessant love has no remedy!

They laugh.

Nino lays back and rests his head on Jaston.

Pause.

Silence.

Nino reaches for Jaston's arm. He then reaches for the other.
They embrace. For a few moments they enjoy the rain crashing
against the tin roof.

JASTON: Sometimes that rain sounds like an orchestra.

NINO: And sometimes like a machine gun.

JASTON: But we're safe here.

NINO: Cuddled up. Like little pigeons.

Pause.

JASTON: I can protect Fello.

NINO: Really?

JASTON: But you have to tell me everything.

NINO: Like what?

JASTON: Is it true he's gotten mixed up with Cubans?

NINO: I don't know anything about that.

JASTON: Jesus, Nino.

NINO: I really don't... not exactly.

JASTON: What do you mean "not exactly"?

NINO: Well... He hasn't said much. He did mention some Cubans...

JASTON: And?

NINO: Apparently there's a group getting together to do something. I don't know... I'm scared.

JASTON: Of what?

NINO: That he's getting mixed up in that communist mess.

JASTON: Hm. I see.

NINO: Jaston?

JASTON: Yes?

NINO: Do you think this is the right government for us?

JASTON: What do you mean?

NINO: No more secrets and hiding.

JASTON: Of course.

NINO: Why do you follow Balaguer?

JASTON: What kind of question is that?

NINO: Just a question.

JASTON: Don't you see all the good he's doing? Building roads, remodeling the capital...

NINO: I know, but... Sometimes you show one thing but you really doing another, don't you think?

JASTON: Take care you not catching any of your brother's ideas.

NINO: Fello says there's backlash against anyone who resists.

JASTON: And you believe your brother's ramblings?

NINO: I don't even know anymore. I don't get any of that political crap.

JASTON: Neither do I.

NINO: Well then why join the military?

JASTON: You have to believe in something, Nino. The country's not going to govern itself. And it certainly pays a hell of a lot better than that damn tobacco farm.

NINO: You know Trujillo couldn't stand Haitians.

JASTON: What does that have to do with anything?

NINO: Well... Balaguer worked closely with him and now-

JASTON: I am not from that backwards, piece of shit country, you got me?! I've had my Dominican citizenship a long time now!

Jaston gets up.

JASTON: Anyway, it's getting late. I have to-

NINO: Wait until the rain eases up.

JASTON: A little water never hurt nobody.

Nino buttons up Jaston's shirt.

NINO: Don't be a stranger. There's people that wanna see you.

JASTON: Alright.

Beat.

They almost kiss.

Jaston heads for the door.

NINO: Remember you promised to watch over Fello.

JASTON: When was it the Mrs. put that palm up there?

NINO: I put it up. After papá died.

JASTON: Right... How does it work? You wish for something and it grants it?

NINO: You don't wish. You pray.

JASTON: Isn't that the same thing?

NINO: No.

JASTON: It's dried up. Take it down.

NINO: Not yet.

Jaston leaves.

Nino clutches at his stomach. Dennis' voice pierces through.

DENNIS: Dad... YO, DAD!

NINO: Get my pills.

DENNIS: What are you- ?

NINO: GET MY DAMN PILLS!

DENNIS: I don't know where those-

NINO (TO BALAGUER): What is it you want?

DENNIS: Who you talkin' to?

NINO: Stop hiding!

Nino collapses to the ground.

DENNIS: WATCHU DOIN'?!

NINO: I'm bleeding.

DENNIS: You cut yourself?

NINO: Inside.

DENNIS: Where?

NINO: It's coming out.

DENNIS: I don't see-

NINO: Take me to the bathroom.

DENNIS: Let me call Serge-

NINO: No.
DENNIS: He's the one-

NINO: I SAID NO!

DENNIS: I can't-

NINO: IT HURTS!

DENNIS: OH SHIT!

NINO: GOD, IT HURTS!

DENNIS: I'm sorry, dad! I'm sorry! Let's go let's go!

NINO: OH GOD, IT'S KILLING ME! IT HURTS! IT HURTS!

Dennis grabs Nino. They rush towards the bathroom.

A torrent of rain and thunder takes over.

Balaguer shifts his attention towards the audience. He puts on his fedora hat and smiles.

Lights.

END OF ACT I

ACT II

The sounds of Uptown Manhattan seep through torrents of rain and thunder: ambulances, fire truck sirens, cars passing by, children at play...

Lights.

Dennis sits at the corner of the living room window. He looks out into the streets and chews gum.

Sergio arrives carrying grocery bags. He does the sign of the trinity in front of the palm, puts the bags in the kitchen and grabs a few paper towels to dry up.

SERGIO: Damn storm won't let up.

DENNIS: I been c-callin' you. L-Left a bunch of messages...

SERGIO: Take that gum out of your mouth so I can understand you.

Dennis spits the gum towards Sergio who immediately slaps him over the head. Nino style.

SERGIO: The hell is wrong with you, kid?

DENNIS: Kiss my ass. S-Some shit went down with pops and I had to do everything!

SERGIO: And so you spit at me? Psycho... I do a lot more than that every day.

DENNIS: You the one supposed to be here.

SERGIO: Well get use to it because I'm not gonna be. Where is he?

DENNIS: I dumped him over on a street corner... Wh-Where the hell else he gonna be, yo? His bed. Where were you?

SERGIO: Getting the stuff he wanted.

DENNIS: Must have jetted to another planet.

SERGIO: Gimme a break, alright?

DENNIS: The look on his face, bro...

SERGIO: What look?

DENNIS: M-Mad blood wuz coming out of him. His own shit wuz coming out.

SERGIO: He has a... It's a cystic mass in his stomach.

DENNIS: Yo, Serge... English, please.

SERGIO: A tumor.

DENNIS: Shit... Does he know?

SERGIO: Not how large it is.

DENNIS: Damn...

SERGIO: We're going to the hospital tomorrow to see if they can take it out.

DENNIS: A tumor?

SERGIO: They don't know when he's gonna get out of there.

DENNIS: Pop's gonna die?

SERGIO: Don't be so melodramatic.

DENNIS: You even care, yo? Knowing all that and still p-planning to bounce?

SERGIO: Who's been with him all this time?

DENNIS: Alright but-

SERGIO: Come with me tomorrow.

DENNIS: For what?

SERGIO: With both of us there it'll be easier to get him to sign the paper work for the surgery. That way you start getting use to everything.

DENNIS: You d-done lost your mind, kid.

SERGIO: The whole time dad's been sick all you've done is hang around the block with your boys.

DENNIS: And that m-means I ain't helpin'? 'Cause I'm ain't here every day wiping his ass?

SERGIO: Whether you go with me or not it's gonna be on you to take care of him.

DENNIS: You should stay. That way we both help.

SERGIO: Right. Because you've done so much with me here.

DENNIS: I'll do it now.

SERGIO: Yeah. Ok.

DENNIS: I'm serious.

SERGIO: Forget it. It's not like he wants to be helped anyway so-

DENNIS: What do you mean?

SERGIO: He's always on the defense. All he ever does is attack. His body may be alive but I think he died a long time ago.

DENNIS: Bro, don't talk like that.

SERGIO: There's nothing there, Dennis. Why stay here taking all his bullshit?

DENNIS: So you dumpin' him on me?

SERGIO: Well... Julio Cesar supposedly graduated. Maybe-

DENNIS: Who?

SERGIO: Our brother.

DENNIS: The hell do I care about that fool?

SERGIO: We can talk to him.

DENNIS: About?

SERGIO: See if he'll stay in the city. He can help you with dad.

DENNIS: You done cracked your skull. That boy g-gone off to college and did wh-whatever the hell he want. B-Before he would come by, when...? Weekends? If that. Now he don't even come at all. He a half-brother, yo. E-Everything he do he do half way.

SERGIO: Come with me tomorrow.

DENNIS: I don't think so.

SERGIO: Then stop your whining, get a job and bounce.

DENNIS: M-Mad hard getting anything wi-without a diploma, B.

SERGIO: Didn't you say you wanted to be a mechanic?

DENNIS: You gotta go to school for that too.

SERGIO: What exactly are you planning to do with yourself, Dennis? Hang around the block forever?

DENNIS: I don't know... Guess I'm just stuck.

SERGIO: Lazy and stupid is more like it.

DENNIS: I g-g-get stuck, alright? Like a damn car. I got these ideas, ya know? They switch on... I put the key in the ignition but it d-don't move forward, kid.

SERGIO: Well since you're so "stuck" might as well stay here and take care of dad.

DENNIS: I can't.

SERGIO: You can't or you won't?

Pause.

SERGIO: I gotta finish packing-

DENNIS: I n-never seen him like that, Serge. Dad was a badass. Now you can see the pain right thru.

Dennis pulls out a joint and lights up.

SERGIO: What are you doing?

DENNIS: A little somethin' somethin' to take off the edge. Wanna toke?

SERGIO: Dad's in the other room.

DENNIS: So? You the one showed me how to roll so d-don't be actin' all precious.

SERGIO: Aren't you seeing that officer next week?

DENNIS: Easy to flush that shit out the system. Here. Loosen it up.

SERGIOL No.

DENNIS: Come on.

SERGIO: I said no.

DENNIS: Today's your last day, big bro. You outta here.

SERGIO: You guys are acting like I'm moving to a different country. I'm just going to the Bronx.

DENNIS: For those of us in Manhattan that's another continent.

SERGIO: Oh please.

DENNIS: Have a little toke. J-Just a l-l-little incy wincy bit. Come on...

Beat.

SERGIO: Give it here.

DENNIS: Aww yeah!

SERGIO: Lower your voice!

During the following moments they take turns passing the joint. Slowly but surely they start to feel its effects.

DENNIS: Yo, r-remember when we tried to light grandma's bible on fire?

SERGIO: No.

DENNIS: Th-That shit wouldn't light up! Grandma almost had a coronary.

SERGIO: Then she starts chasing you up and down the apartment. Whipping your ass with a Dominican sausage link.

DENNIS: Ahhh! You remember!

SERGIO: "You're the devil child!" *FUA!*

DENNIS: "Out Lucifer!" FUA!

SERGIO: Whole damn house stunk like Dominican sausage.

They laugh.

DENNIS: Your ass wuz b-beet red from laughing so much.

SERGIO: And then she decides to sprinkle that "*Florida Water*" on you.

DENNIS: I know, right? Like water from Miami gonna spook demons.

SERGIO: It's not water from Miami, dumbass. It's like holy water or something.

DENNIS: Ooooooh. Really?

Beat.

They burst into laughter.

DENNIS: Remember wh-when we use to stay up late and watch them dirty t.v. shows?

SERGIO: Channel J, bro! Midnight Blue and The Robyn Bird Show!

DENNIS: Tits and ass everywhere! And you always sent me to g-guard the hallway so mom and dad wouldn't catch us. "Here they c-c-c-c-c-come! Hurry up! Ch-Ch-Ch-Change it! Ch-Ch-Ch-Change it!

SERGIO: With your stuttering ass by the time you finished with the warning we'd get caught!

They fall down laughing. Dennis walks over to the radio.

DENNIS: Let's get this party started.

Dennis switches on the radio. Plays a fast merengue from the 80's (along the lines of El Motor by Aramis Camilo).

DENNIS: WEPA!

SERGIO: Wait until dad gets up. He's gonna kick your ass.

DENNIS: Th-That's what I'm talkin' about. The monster jam dot com! Come on...
L-Let's do like them banda dancers.

SERGIO: What are you doing?

DENNIS: This be how they dance. Check it out... WEPA!

With his hands and feet Dennis does exaggerated, cliché choreography typical of merengue bands from the 80's. Sergio is bursting at the seams with laughter.

SERGIO: You a damn fool!

DENNIS: Come here.
Sergio joins Dennis. They dance semi synchronized.

DENNIS: Okay. Slow... Slow... BREAK IT DOWN! *Sum sum súbelo pa' atrá!*

Sergio loses it.

SERGIO: Oh shit! That's tight, yo!

DENNIS: Hold up...

Dennis turns up the volume.

SERGIO: Turn that down.

DENNIS: Shhh! This be the m-music of our peeps, bro. All that be m-missing is one of them girls with a donkey donk donk this big!

SERGIO: And them super tight jeans.

DENNIS: The bootie lifters!

SERGIO: What were the ones mom use to wear?

DENNIS/SERGIO: JOU JOU JEANS!

SERGIO: MAD DOPE! You dance nice and close...

DENNIS: Bang against her nice and hard, like this... Um uh um uh...

SERGIO: There you go!

DENNIS: Wh-What's that thing the boys in el patio be doin' with their girls?

SERGIO: What are you talkin' about?

DENNIS: That thing where they g-get on top and spin-

SERGIO: OH! You mean the bottle dance!

DENNIS: YEAH! DAS IT! Come on...

Dennis grabs the bottle of Barceló.

SERGIO: Careful.

DENNIS: Seriously, dude. G-Get that damn stick out of your ass already!
Dennis places the bottle dead center. For a few moments he dances around the bottle, giving it all his energy and focus.

SERGIO: WEPA!

DENNIS (TO THE BOTTLE): HEY, BABY! Yeah... I'm talkin' to you, mami! You b-broke my heart but you still get me hot! YOU AIN'T NOTHIN' BUT A DICK KILLER!

SERGIO: DICK KILLER!

DENNIS: C-Come here and help me out...

SERGIO: Don't break dad's stuff.

Dennis gets on the tip top of the bottle. Sergio helps. They do various spins.

DENNIS: EY! EY! EY! EY! WEPA! OOOOOOOOH SHIIIIIIIIIIIIIIIIT!!!!

They fall to the floor laughing.

SERGIO: I'm gonna piss my pants!

DENNIS: Hold up...

Dennis lowers the music and yells out the window.

DENNIS: YUBELKYS! YO, YUBY! D-Damn, girl... You so hot I'll eat you top to bottom! Shoes and erythang. I don't care if I spend an eternity shitting clothes!

Sergio and Dennis high five each other and laugh.

DENNIS: You do one.

SERGIO: You crazy? I ain't no damn pimp.

DENNIS: YUBELKYS! SERGE SAYS IF YOU WH-WHAT HELL LOOK LIKE, LET THE DEVIL HIMSELF COME AND EAT HIS BALLS!

SERGIO: Stupid ass! Get outta there!

Sergio pulls Dennis back in and turns off the music. They laugh.

DENNIS: Man... Been a long time, Serge.

SERGIO: Crazy bastard.

DENNIS: D-Don't be frontin'. You know you love it. You ain't gonna find any of this over where you be goin'.

SERGIO: Who knows...

DENNIS: I don't think so, bro.

Dennis looks out the window.

DENNIS: Check out that light pole... Our boys hangin' the b-basketball hoop we made the other day out of a milk crate. And there... A g-group of ladies primpin' on top of a car: a p-pound of blush on their cheeks, another pound of lipstick on their kissers and black, licra pants slapped on real tight. There's Trina: the one who sells all them m-mexican bootleg movies: Vicente Fernandez, Lo' Hermano Almada and Libertad Lamarque. And look: The shop where you play dads' numbers d-disguised as an electronic store. Washington Heights, yo. Dominicanlandia dot com. Around the block we know who got shot, who got p-picked up and who got pregnant. Everyone bouncin': Julio Cesar, moms... even dad checked out, like you say. Our boys... they right there. They c-could give a fuck if we did somethin' like this or like that. With them it's just: "wassup?" or a: "*qué lo que*?" Das all there is, bro. I give m-my life for them motherfuckas down there. Stuck b-b-but definite. Mines.

Pause.

SERGIO (REFERRING TO THE CIGARETTE): Finish it.

Sergio tidies up.

DENNIS: Dad said you-you were drawing again.

SERGIO: I'm not.

DENNIS: You were a beast with your art, man. Your stuff c-could be in museums and shit.

SERGIO: Yeah, right.

DENNIS: B-Better than that thing hangin' up there.

SERGIO: I don't paint anything worth a dime, Dennis.

Dennis walks towards the painting.

DENNIS: Moms never liked that painting.

SERGIO: Help me clean up.

DENNIS: I bet you c-could come up with something better.

SERGIO: Listen, if you drink a liter of soda don't just leave it on the floor.

DENNIS: How m-many times she ask dad about it and he never responded?

SERGIO: Throw it away.

DENNIS: Exactly.

Dennis grabs the painting and walks towards the window.

SERGIO: What are you doing?

DENNIS: *BOMBA!*

Dennis throws the painting out the window.

SERGIO: WHAT THE FU- YOU CRAZY?!

Nino enters. Balaguer directly behind him.

Dennis flicks the cigarette out the window. Sergio runs and removes the bottle of rum.

NINO: What's with all the yelling? That's exactly the kind of garbage you pick up hangin' around all those black people.

DENNIS: *PAPACHISIMO!*

NINO: Lower your voice.

DENNIS: Did we w-wake up our little papi chulo? Awww, poor little-

NINO: *Vete pa' allá!* Get away from me.

DENNIS: Were you sleepy poopie? We gotta let our sleepy poopie-

Dennis attempts to embrace Nino.

NINO: Enough with the grabbing! Do I look like a loaf of bread?

DENNIS: Just g-givin' our little papi pooches a little love.

NINO: Keep it up. I'll show you some papi pooches.

DENNIS: Gimme twenty bucks.

NINO: Twenty kicks up your ass is what I'm gonna give you.

Loud, hip hop music returns from the street.

NINO: Coño, pero eta gente...

SERGIO: Just leave it alone, dad.

Nino leans out the window.

NINO: TURN DOWN THAT GOD DAMN MUSIC! THIS ISN'T ONE OF YOUR BROTHELS!

SERGIO: Get out of there!

NINO: What's that smell?

Beat.

Pause.

DENNIS: Probably from outside.

NINO: You better not be smoking that stuff in my house.

DENNIS: Never, oh dearest father of mine. I swear b-by that dried up piece of palm right there.

NINO: Where's the stuff I asked you to get?

SERGIO: In the kitchen with the receipt.

NINO: And the change?

SERGIO: Here.

NINO: You grabbed the red box of Marlboro?

SERGIO: Yes.

NINO: Played my numbers with Yubelkys?

SERGIO: Yes.

Beat.

NINO: Where's the painting that was up there?

Silence.

DENNIS: I took it down... To clean.

NINO: You? Cleaning?

DENNIS: Dirt don't discriminate, pop.

NINO: Where is it?

DENNIS: The dirt?

NINO: The painting, boy!

DENNIS: Stop calling me boy.

SERGIO: It's in our bedroom.

NINO: Put it back.

SERGIO: After we clean-

NINO: Now.

DENNIS: What's the rush?

NINO: You do something to it?

DENNIS: Oh my God. Now he's deaf.

Nino grabs Dennis by the arm.

NINO: You only think about yourself

DENNIS: Yo... this dude trippin'?

SERGIO: Let's go and lay you down, pop.

NINO: Get my painting!

DENNIS: Wassup witchu? Get off...

NINO: You're a waste.

DENNIS: And you sick.

Nino strikes Dennis.

NINO: Son of a bitch!

Dennis grabs Nino and throws him against the wall.

SERGIO: GET OFF HIM!

DENNIS: YOU WANNA BE A BIG MAN?! COME ON!

SERGIO: GET OFF!

Dennis lets Nino go and pushes Sergio.

DENNIS: THAT'S WHY MOMS LEFT YOUR SORRY ASS! FUCKIN' PSYCHO!

NINO: Worthless-

DENNIS: A SAINT IS WHAT SHE IS FOR TAKING ALL YOUR SHIT!

NINO: DUMPING YOU BOTH LIKE TRASH? THAT'S A SAINT?

SERGIO: ALRIGHT!

NINO: MAYBE YOU BOTH SHOULD HAVE GONE OFF WITH HER! WOULD HAVE DONE ME A HUGE FAVOR!

DENNIS: M-MUCH BETTER THAN THIS LOONEY BIN!

NINO: OH REALLY? IS THAT CABRONA GONNA BUY YOU THE EXPENSIVE SPORTS COAT? THE BRAND SNEAKERS? THE FANCY ELECTRONICS? I GAVE EVERYTHING TO YOU AND THAT STUPID BITCH!

DENNIS: DON'T CALL HER THAT!

NINO: THAT'S WHAT SHE IS! A Worthless... fucking... cunt.

Dennis lunges towards Nino but Sergio blocks him.

SERGIO: STOP!

NINO: NEVER LACKED FOR ANYTHING IN THIS HOUSE! I EVEN BROUGHT HER WHOLE FUCKING IGNORANT FAMILY OVER FROM THAT HICK TOWN!

SERGIO: POP-

NINO: CLEANING OFFICES DAY AND NIGHT IN THAT GOD DAMN FORSAKEN BUILDING! FOR WHAT? GET OUT OF MY HOUSE! PA' FUERA! GO AND LIVE WITH THAT PIECE OF SHIT!

Nino pushes him. Dennis runs right at him.

DENNIS: YOU AIN'T NOTHIN' BUT A CORPSE!

Sergio separates them.

SERGIO: THAT'S ENOUGH!

NINO: WHAT?! YOU GONNA KILL ME?! YOU?

DENNIS: I D-DON'T GOTTA KILL YOU! THEY G-GONNA DO THAT AT THE HOSPITAL!

SERGIO: DENNIS!

DENNIS: HAVEN'T YOU HEARD? THEY GONNA SLICE YOUR ASS OPEN FROM HEAD TO TOE!

SERGIO: SHUT UP!

DENNIS: YOU SICK!

SERGIO: QUIET!

DENNIS: YOU SICK AND YOU GONNA DIE!

NINO: MOTHERFUCKER!

Nino grabs Dennis.

NINO: GIVE ME MY PAINTING!

DENNIS: Get him off me...

NINO: GIVE IT BACK!

DENNIS: I SAID GET THE FUCK OFF!

Dennis gives Nino a violent shove and he falls to the floor.

NINO: OH GOD!

SERGIO: YOU LOST YOUR DAMN MIND?!

DENNIS: DON'T BE PUSHING ME!

SERGIO: WATCHU GONNA DO?

DENNIS: Get outta my face...

SERGIO: WHAT?!

DENNIS: GET OUTTA MY FUCKIN' FACE!

NINO: GIVE ME MY PAINTING!

DENNIS: THE FUCK IS YOUR DEAL WITH THAT PAINTING?

NINO: IT'S MY CROSS!

Pause.

Silence.

SERGIO: Pop, what are you talking- ?

NINO: MINE! IT'S MINE, GOD DAMN IT! MY CROSS! I carry it...

Aurelio rushes in and grabs a bag of clothes. We are back to 1970.

AURELIO : You talk to anybody?

NINO: Look at you. Soaking wet! You didn't go to the store yesterday. Mamá's going crazy.

AURELIO : Did you talk to someone? About what I mentioned a while back. Regarding Cuba.

NINO: I mean... Jaston stopped by-

AURELIO : Didn't I tell you to be careful with that clown?

NINO: Where are you goin' with those clothes?

AURELIO: Tell mamá I'm fine.

NINO: Are you protesting with those people from UASD?

AURELIO: Don't worry about it.

NINO: Jaston said for you not to go there.

AURELIO: What the hell do I care what that Haitian trash has to say?! Barking orders in a country that's not even his.

NINO: Don't talk like that.

AURELIO: You want me to stay here like a coward and do nothing? Like you? Do you know what path Balaguer is on now? Continuism. Automatically re-elected. Sound familiar?

NINO: But not like Trujillo. He said he was against that.

AURELIO: This country is something else... We kick the man out and not even five years pass and we let him right back in to govern. I swear... The government isn't the problem. We are.

NINO: What are you talking- ?

AURELIO: You'll never get it! Bunch of illiterates-

NINO: Fello!

AURELIO: Buying into everything that's being fed to you-

NINO: Wait-

AURELIO: I have to go-

NINO: Mamá wants to send us to New York! She's lookin' into the visas.

AURELIO: Who the hell told her I want to go to that pigpen?

NINO: She doesn't want what happened to papá to happen to you.

AURELIO: Papá was a coward and a drunk!

NINO: She wants us to leave quickly-

AURELIO: To earn low wages and work like dogs in a country that's not even ours?

NINO: Just for a short time-

AURELIO: DON'T YOU GET IT?!

NINO: Lower your voice-

AURELIO: I'm not going with those Yankee pieces of shit!

NINO: Until things settle down-

AURELIO: I AM THE THING, NINO! AND I DON'T WANT THEM TO SETTLE DOWN! YOU KNOW WHAT THE WORD CIBAO MEANS IN TAINO? REGION ABUNDANT WITH ROCKS. THIS ONE YOU SEE RIGHT HERE IS A GOD DAMN ROCK! I WANT TO STOMP SO HARD THE EARTH WILL TREMBLE, OPEN WIDE AND SWALLOW THEM ALL UP!

NINO: We can leave together-

AURELIO: We're just getting started-

NINO: If not New York then Puerto Rico or maybe-

AURELIO: The future is ours if we fight the present-

NINO: IT'S NOT YOUR FIGHT!

Pause.

AURELIO: Take care of mamá.

Aurelio embraces Nino and leaves.

Balaguer approaches.

NINO: They say after Fello was murdered they took out his eyes and tongue and threw his body to the sharks in *El Malecón*. I went back to that place a million times. Sometimes the waves would rise so high I could see the sharks and fish slam hard against the rocks. I prayed any part of Fello's body would hit one of those rocks. An arm, a hand, a foot... Just to have something to identify him with, ya know? Give him a proper burial. It's a miracle they let us have a service at all. But no crying. If they saw anybody cry they assumed you were in on it and threw you in jail. When we wept we turned the radio up so loud it spread through the neighborhood. Everyone thought we were having a party but the merengues and bachatas only drowned out our cries.

BALAGUER: Dictatorships of the heart are... distractions. They have confused and destroyed from the greatest of poets to the most virile of generals and, more than anything, the most provincial of peoples.

NINO: What about politics? Hasn't it done the same?

Jaston appears within the shadows.

Juan López, 1970. Early evening.

JASTON: This morning.

NINO: Where?

JASTON: The protest.

NINO: Who told them about Fello?

JASTON: They're gonna ask questions but not take you away.

NINO: How did they kill him?

JASTON: Are you listening?

NINO: How?

JASTON: He was with that UASD group. Playing the hero. They had to... There were lots of shots and confusion.

NINO: Did you shoot?

JASTON: I protected myself.

NINO: Oh my God.

JASTON: What did you expect?

NINO: Did he see you?

JASTON: What?

NINO: Did he see your face?

JASTON: Yes.

NINO: Then you were close.

JASTON: Listen... You can't see the body until they're done with the investigation.

NINO: Where did your bullets hit?

JASTON: I already told you-

NINO: YOUR BULLETS! WHERE DID THEY HIT?

JASTON: His head.

NINO: Oh my God...

JASTON: You didn't listen-

NINO: That day you came and had the rum... Did you really come to see me? Or were you just playing calié? Fishing for information?

JASTON: I gave my word that you knew nothing. You know why? Because of you!

NINO: You want my gratitude now?

JASTON: HE GOT INTO THAT MESS! NOT ME!

NINO: What about this mess right here? Who got into that? What if I go and have a little chat with that clan of assassins-

Jaston grabs Nino with brutal force.

JASTON: YOU WON'T EVEN MAKE IT HALF WAY!

NINO: GET OFF!

JASTON: DON'T MESS WITH ME!

NINO: YOU FAGGOT!

Jaston slams Nino against the wall.

JASTON: WHO THE HELL DO YOU THINK YOU ARE?!
IGNORANT PIECE OF SHIT! THIS IS A MAN YOU
TALKING TO RIGHT HERE! A TOP CLASS
LIEUTENANT! I WON'T TAKE THAT BULLSHIT FROM
THOSE BASTARDS OUT THERE MUCH LESS FROM
YOU!

NINO: People aren't leaving this place out of necessity,
Jaston. It's disgust. The soil here is rancid!

JASTON: THEN LET THEM LEAVE! BUNCH OF
INGRATES!

NINO: WHAT AM I SUPPOSED TO TELL MAMÁ NOW?
HUH?

JASTON: You're not listening. I'll come back later-

NINO: You don't set foot in this house again. You come
back and you either fill me up with bullets or be ready to
fight like dogs until one of us bleeds out.

Pause.

JASTON: They're gonna put a car in front of the house for
a while. The headlights will shine all night. Go to bed early
and be ready in case you have to run. No tears. No
funerals. No prayers. Better yet, play some music. Dance.
As if nothing happened.

NINO: You know that large painting you gave me? The
one that's put away? I'm gonna hang it. Here and in every
place I live. I'm gonna carry it... like a cross.

Jaston heads out.

JASTON: That palm needs to come down. Nothin' left of it.

Jaston disappears within the shadows.

Nino addresses the boys.

NINO: The painting that was there... Jaston gave it to me. He wanted me to hang it for everyone to see. I hid it. Real well. The painting... And Jaston.

Pause.

SERGIO: Who's Jaston?

NINO: A man.

SERGIO: What man?

Beat.

NINO: The one I loved.

Pause.

Silence.

DENNIS: Pop... What are you...?

NINO: I can't stand it.

DENNIS: You were with...? Hold on a sec-

NINO: It's killing me.

DENNIS: So then you...?

NINO: That's what you do over there. Whatever you don't understand... You hide. You bury it. Way deep. 'Til you can't stand the pain.

DENNIS: What about moms? Julio Cesar's moms?

SERGIO: What about us?

NINO: You...? You're my children.

SERGIO: Really? You seem to forget.

NINO: Everything just gets mixed up in this head of mine-

SERGIO: THEN UN-MIX IT! UN-MIX IT IN THAT HEAD OF YOURS! WHAT ARE YOU? TALK! OPEN YOUR FUCKING MOUTH! WHAT KIND OF PIECE OF SHIT ARE YOU? GOD DAMN IT!

Sergio heads to the bedroom.

Pause.

DENNIS: I don't- I mean... I... Fuck. Okay. Um... Okay. Yeah.

Dennis leaves.
Pause.

Silence.

Balaguer approaches.

NINO: All this mess...

BALAGUER: All things filthy get cleaned up.

NINO: Those glasses you have on don't really help your vision. They're binoculars. Focusing in and out of whatever is most convenient.

BALAGUER: Do you see your reflection in them?

NINO: I am nothing like you.

BALAGUER: Look closer.

NINO: Thirty years as Trujillo's right hand man. Writing and correcting speeches so that dictator could vomit them over our country. Twenty more years with your mouth full of democracy in front of house, promise of a better future in the living room and in the backyard everyone drowning in a river of fear and death. You're all married to your filthy politics. PRD, PRSC, MPD... So many damn letters and even more dead bodies piled on top of them. But the ones left buried are the ones left alive! The milk man, the farmer... We don't understand any of it.

BALAGUER: Do not confuse ineptitude with diplomatic blindness. The presence of the good amongst the bad or amongst the worst is a necessity that prevents the repetition of what they have caused.

Pause.

Dennis enters. He is drenched and carries the destroyed painting. He places it on a table and takes a step back.

Silence.

Sergio comes out of the room.

Nino takes in the painting.

Pause.

NINO: ...That smear of green... A bunch of hills and valleys. Jaston would climb up those trees to pick coconuts and soursops... He was quick. I'd run from one end to the other screaming and trying to catch everything he threw my way: "Wait a minute, boy! Let me catch up!" Then we'd fly our kites... Always in the morning because according to him: "That's the best time for the wind to be on our side, bél nonm... We can spend hours up in the clouds." The afternoon was for playing cowboys and Indians and at night, straight to the Paimai river for a cold dip. I loved watching that boy under the light of the moon... His black skin shined like a thousand stars.

Pause.

SERGIO: You still love him?

Silence.

SERGIO: Do you love him, pop?

Pause.

NINO: I can't get him out... So many damn pills... still everything in me rots I love him so much. My God... Ain't that somethin'. I know you're embarrassed-

SERGIO: Relieved.

NINO: Relieved?

SERGIO: Only thing we ever got from you were screams. Beatings. I thought you died a long time ago, pop. But look at this... You are most definitely alive. All that other stuff... I'll accept it, I won't accept it... I don't even know. But dad, that smile I just saw... that you loved somebody so much... With so much love. That you have the CAPACITY. That's... relief.

Pause.

Silence.

Nino puts the painting away.

NINO: What time do we leave tomorrow?

DENNIS: Where?

NINO: The hospital.

SERGIO: They said... To be there around nine but I mean... Are you- ?

NINO: We'll leave around eight.

SERGIO: Dad... They're going to do surgery to get that thing out of your stomach but they don't know-

NINO: Make sure and wake me up.

DENNIS: I'm coming with. I'll get you up.

NINO: You sure?

Pause.

A few moments go by in silence.

Dennis grabs pencil and paper.

DENNIS: Ey yo, Serge.

SERGIO: Mm.

DENNIS: Draw me.

SERGIO: Here we go with this dude...

DENNIS: Come on, man. M-Make a new one so we can hang it up there. Here... I am your MOSS!

SERGIO: The word is muse!

DENNIS: Please, bro. J-Just like that song: "*PINTAME!*"

SERGIO: I don't think so.

NINO: Draw him. See what comes out.

DENNIS: See? M-Maybe you the next HIBACHI!

SERGIO: What?

DENNIS: Hibachi! Ain't that the dude's name?

SERGIO: You mean DAVINCI!

DENNIS: Whatevz. Just draw.

Dennis strikes a ridiculous pose.

SERGIO: What are you doing?

DENNIS: Modelin'.

SERGIO: For the special Olympics?

DENNIS: Don't be ignorant dot com, yo. This here be HIGH. FASCIST. COTTON.

SERGIO: High fascist cotton? What the hell is that?

DENNIS: Ya know. V-Very couscous, dahling. High end shit!

SERGIO: It's called high fashion couture! I swear with this fool...

DENNIS: You gonna draw or what?

Beat.

SERGIO: Alright.

DENNIS: Gimme twenty bucks.

SERGIO: Get the hell outta here!

DENNIS: What? G-Gotta charge top dollah for this magna cum Loretta merchandise you got here.

SERGIO: Man, shut up.

DENNIS: You shut up.

NINO: *YA!* Enough with the shut ups!

DENNIS: Yo, pops! Check it out. Rain stopped. L-Let's chill on the firescape.

SERGIO: The sun's not good for him.

NINO: A little light never hurt nobody. Come on. Finish up outside.

Balaguer's presence halts Nino.

NINO: I'll be there in a minute. I gotta finish cleaning up this mess.

Sergio and Dennis climb out to the fire escape.

BALAGUER: Tomorrow morning...

NINO: They say the whole country gathered by your bedside on the day you died.

BALAGUER: It's getting dark-

NINO: Prayer after prayer...

BALAGUER: Not much light-

NINO: Hands thumping against chests. Rosary after rosary after rosary...

BALAGUER: Like a thousand beehives they sounded.

NINO: But you still had no intention of leaving.

BALAGUER: Behind the crowd, a woman appeared. Tall... Dark hair... No face. No defining features. She sat at the corner of my bed and pressed a finger against my temple... Her words ached in my soul: "Those who cast aspersions. Those who idolize you. Those who clamor for your sainthood and those begging for your hell. Those who conceal you... They give eternal life to your death."

Beat.

NINO: No... No more.

Nino heads towards the window leaving Balaguer alone.

Beat.

BALAGUER: So quiet...

Balaguer disappears within the shadows.

The boys help Nino join them on the fire escape.

SERGIO: Careful...

DENNIS: Damn, pops! Your h-hands are on fire!

SERGIO: For real.

NINO: But of course! Your father's a blazin' comet!

DENNIS: WEPA! So wassup, Serge? You g-gonna draw or what?

Nino sings in sotto while Sergio draws.

NINO:

Sin remedio. Que ya no tengo remedio...

DENNIS: Hold up hold up. Yo, I thought you said you a comet. SING THAT SHIT!

Nino sings at full volume.

NINO:

¡SIN REMEDIO! ¡SIN TÍ NO TENGO REMEDIO!

¡Y AUNQUE E' VEIGÜENZA ROGAITE A QUE CAIME MI DOLOI!

DENNIS: ¡EPA!

NINO

¡SIN REMEDIO, HE VENIDO A SUPLICAITE,

Y A DECITE QUE 'TOY LOCO SIN REMEDIO POI TU AMOI!

No remedy! Without you I have no remedy!

And though it is shameful to beg for the soothing of my pain...

I come to you pleading.

My incessant love has no remedy!

DENNIS: THAT'S WHAT I'M TALKIN' ABOUT!

SERGIO: Pop, look...

DENNIS: The sky is maaad orange.

SERGIO: The last rays.

NINO: Yes... Beautiful.

Lights fade on the fire escape as they enjoy the last rays of the sun.

END OF PLAY.

GLOSSARY

SELECTED DOMINICAN & DOMINICAN-YORK TERMS:

ATÁJA: Yes! That's right!

AY, DIO MÍO: My God.

B: Urban term used to refer to someone. Along the lines of "My boy" or "My friend".

BACHATA: a Latino genre of music that originated in the Dominican Republic in the early parts of the 20th century with the European and African descendants in the country and spread to other parts of Latin America and Mediterranean Europe.

BALAGUERISTA: Someone who supports Balaguer's ideas and practices.

BARCELÓ: Ron Barceló is the name and brand of a variety of rums from the Dominican Republic. The word Barceló is a Catalan surname which later extended to the rest of Spain and its old territories beyond Europe in America, particularly the Caribbean and Asia.

BÉL NONM: Means beautiful man in Haitian criole.

BOMBA: Bombs away!

THE BRONX: One of five boroughs in New York City.

CABRONA: Fucker.

CALIÉS: Term used to refer to secret agents during Trujillo's regime. The origin of the word is from the French "Cahier" which means notebook or note pad. So basically a spy taking notes to report back.

CARAJO: Damn it!

EL CIBAO: A provincial region in the Dominican Republic.

THE CLOISTERS: A public park in the uptown area of Manhattan, NYC.

COÑO: Damn! Fuck!

COÑO PERO ETA GENTE: Damn it with these people.

DID YOU CROSS YOURSELF?: The sign of the cross or blessing oneself or crossing oneself is a ritual blessing made by members of many branches of Christianity. This blessing is made by the tracing of an upright cross across the body with the right hand, often accompanied by spoken or mental recitation of the trinitarian formula.

ESO: Right there!

EL MALECÓN: A seafront road along the coastline of the Dominican Republic's capital, stretches from the Zona Colonial around the heart of Santo Domingo.

FLORIDA WATER: In Spanish also known as "Agua de florida." A cologne water used by shamans for cleansing, healing, ritual feeding and flowering. Components of the scent include citrus and herbal notes along with spice and floral undertones.

FOGÓN: An outdoor, wood fire stove.

FUÁ: An indication of action. Movement. Done!

GUAYABERA: A men's shirt typically distinguished by two vertical rows of closely sewn pleats that run the length of the front and back of the shirt. The shirt is typically worn untucked.

HERMANO: Brother.

LAMBI: A conch stew. Typical of coastal regions of the Domincan Republic such as Samaná but also elsewhere. The base of the dish is conch meat.

LOCA: Crazy

LOCRITO: A Dominican take on the Spanish paella. Locrio is usually made with achiote.

MANTECAITO: Freshly baked roll of bread.

QUÉ LO QUE?: Dominican street slang for asking what's been going on? How are things?

O & M: A university in the Dominican Republic with various campuses.

PA' FUERA: Get out!

PALM: From the Christian Palm Sunday which falls on the Sunday before Easter. The feast commemorates Jesus' triumphal entry into Jerusalem. In many Christian churches, Palm Sunday includes a procession of the assembled worshipers carrying palms, representing the palm branches the crowd scattered in front of Jesus as he rode into Jerusalem. In Dominican culture one takes a piece of palm given during this day and shapes it in the form of a cross which is then placed in an area of the home for good luck and/or prayer.

PINTAME: A merengue sung by Elvis Crespo. The word PINTAME means "paint me".

QUE TE HECHE PA' ALLÁ: I said get away!

QUISQUEYA: A poetic nickname given to the Dominican Republic. The word derives from a native tongue of the Taino Indians and means, "Mother of all Lands".

RADIO GUARACHITA: Radio Guarachita was founded in 1964 in the Dominican Republic. It had national reach, and appealed to the rural audience of the country.

THE RED ROOSTER: Nickname given to Balaguer. The red rooster is the symbol of the Christian Social Reform Party (PRSC) which was founded by Balaguer. The symbol is a rooster and a green machete. Its color is red.

SUM SUM SÚBELO PA"TRÁ: Pump up the volume!

TINA: A well.

TRUJILLISMO: The philosophies and ideals practiced by former Dominican dictator, Trujillo.

UASD: Autonomous University Of Santo Domingo

VETE PA' ALLÁ: Move! Go away!

WEPA: Great! Fantastic!

YA: Enough!

BARCELÓ CON HIELO

De
 Marco Antonio Rodriguez

Prefacio

Con sus obras, Marco Antonio Rodríguez irrumpió en la escena del circuito neoyorkino *Off-Broadway* y se convirtió en una de las voces dominicanas más prominentes de la dramaturgia latina en los Estados Unidos.

Sus obras son hitos en el desarrollo del teatro dominicano-estadounidense. Aún así, y a pesar de representar una de las poblaciones de crecimiento más acelerado en los Estados Unidos, la ausencia de voces dominicanas en los estudios académicos recientes, tanto sobre dramaturgos como sobre intérpretes, sugiere que los dominicanos todavía buscan encontrar su lugar dentro de la comunidad del teatro latino en los Estados Unidos.

En sus obras, Rodríguez pone en escena, por primera vez, un universo completamente dominicano-estadounidense. De modo similar a los dramas familiares puertorriqueños y cubanos de los años 50 y 60--como *La carreta* de René Marqués y *El súper* de Iván Acosta--, Rodríguez puebla la escena con inmigrantes dominicanos y sus hijos en la ciudad de Nueva York. Mientras que los textos anteriores a los de Rodríguez centran su atención en la travesía y en las experiencias de adaptación de los migrantes, los personajes de Marco Antonio están arraigados desde hace tiempo en Nueva York y han construido una identidad transcultural. Por primera vez, el público ingresa al Nueva York dominicano contemporáneo, gracias a las referencias visuales que proveen los espacios domésticos recreados por la puesta en escena.

Su trabajo indaga en las delicadas relaciones entre padres e hijos, amenazadas por secretos familiares. Un giro imprevisto y encantador que garantiza enganchar al espectador es el hecho de que *Barceló con hielo* está vinculada con *La luz de un cigarrillo*. Las obras están estructuradas en torno a una geneaología familiar que abarca las diferentes historias y se conectan entre sí.

Marco Antonio Rodríguez ha llevado a los escenarios obras que exploran los cruces entre amor y pérdida, tradición y cambio en el contexto de la migración dominicana a los Estados Unidos.

Camilla Stevens
Profesora Asociada
Departamento de estudios hispano-caribeños y latino
Universidad de Rutgers, New Brunswick

Barceló Con Hielo recibió su estreno en el Repertorio Español de nueva york (Robert Weber Federico, director ejecutivo) el 13 de junio, 2014. Fue dirigida por José Zayas. Asistente de dirección, Fernando Then. Dialectos por Yolanny Rodríguez. Diseño escénico y vestuario de Leni Mendez. Iluminación de Eduardo Navas. Diseño de sonido por David Lawson. El reparto fue el siguiente:

Nino Antonio Ortíz	Marco Antonio Rodriguez
Sergio Antonio Nino Ortíz	Ivan Camilo
Dennis Ortíz	Javier Fano
Aurelio Antonio Ortíz (Fello)	Jerry Soto
Dr. Joaquín Antonio Balaguer Ricardo	Fernando Then
Jaston Marcelín	Modesto Lacén

AGRADECIMIENTO:

La traducción al Inglés de *Barceló Con Hielo* ha sido posible a través de la generosa orientación y asistencia del programa de literatura en el Banff International Literary Translation Centre de Banff, Alberta, Canadá.

BIOGRAFÍA

Nacido y criado en Nueva York, con raíces en la República Dominicana, Marco se graduó de La Escuela Secundaria La Guardia para las Artes Escénicas en Nueva York y tiene una Maestría en Bellas Artes de Southern Methodist University. Ha actuado, escrito, producido y dirigido éxitos como *Pico de Gallo, Heaven Forbid* (s)! (nombrada Mejor Obra por los críticos de teatro en Dallas/Fort Worth) y el estreno Suroeste de Rick Nájera's *Latinologues* (la cual llegó hasta Broadway). Su obra, *La Luz De Un Cigarrillo,* recibió una exitosa y extendida a petición popular producción en el teatro LATEA de nueva york, el Lehman Stages y el teatro Las Máscaras. La obra fue galardonada con 5 premios HOLA, 4 ACE y 3 prestigiosos premios Soberano incluyendo sobresaliente realización en dramaturgia. La obra fue añadida al currículum de los departamentos de español y estudios caribeños en la Universidad de Puerto Rico y la Universidad de Rutgers en New Jersey. *La Luz De Un Cigarrillo* ha sido publicada por NoPassport Press en español e ingles (como *Ashes Of Light).* Marco Antonio es recipiente del distinguido Premio De Arte y Entretenimiento otorgado por los funcionarios de La Sociedad Hispana De Oficiales Judiciales en el estado de Nueva York. También ha escrito como comentarista invitado para la revista nacional Latino leaders Magazine y recientemente fue galardonado con una beca de dramaturgia por el centro internacional de literatura en Banff, Canada. *Barceló Con Hielo* ganó la competencia nacional de dramaturgos MetLife Nuestras Voces como también 4 premios HOLA incluyendo sobresaliente realización en dramaturgia.

Barceló Con Hielo galardonada con 4 premios HOLA (organización Hispana de actores latinos) en Nueva York:

(SOBRESALIENTE ACTUACIÓN POR ACTOR DE REPARTO)
Ivan Camilo y Javier Fano

(PREMIO GILBERTO ZALDÍVAR MEJOR PRODUCCIÓN)

(SOBRESALIENTE REALIZACIÓN EN DRAMATURGIA)
Marco Antonio Rodríguez

Barceló Con Hielo galardonada con un premio ACE (La Asociación de Cronistas de Espectáculos de Nueva York):

MEJOR CO-ACTUACIÓN MASCULINA:
Fernando Then

Barceló Con Hielo galardonada con un premio ATI (Artistas De Teatro Independiente):

MEJOR ACTOR PRINCIPAL:
Marco Antonio Rodriguez

"Un drama frecuentemente potente. Arrolladora en su franqueza. Firmemente inspirado en el molde de Tennessee Williams. Su fuerza y variedad emocional, sus personajes ricamente construidos, y su matrimonio inteligente de la historia pública y privada son admirables."
-TimeOut New York

"Conmovedoramente profundiza el tema complicado de la memoria con humor y patetismo."
-El Huffington Post

"No se la puede perder. Sin lugar a dudas se convertirá en una obra emblemática para la cultura dominicana en Nueva York."
-Stagebuddy

"Un drama cómico de rica textura."
-NY Times

"Espléndida. Una visión profunda de una familia latina."
-Impacto Latin News

"Puro Fuego! Desgarradora!"
-Pie Derecho Magazine

"Brindemos por Barceló Con Hielo. Un trabajo de primera. Brillante en sus múltiples aspectos."
-El Especial

NOTA IMPORTANTE DEL AUTOR:

Partes de la obra están escritas en el dialecto regional cibaeño de la República Dominicana y parte en el vernáculo dominicano mezclado con el Spanglish Dominican-York: La mezcla del vernáculo natal dominicano (más capitaleño) con el de aquel que tiene muchos años viviendo en Nueva York y ha creado su propio vernáculo. Muchas palabras no están deletreadas bien o les faltan las S u otras letras. Esto ha sido puesto en la obra por el autor a propósito y se pide no corregir. Algunos personajes (como NINO y JASTON) hablan en el dialecto cibaeño donde se substituye las letras "l" y "r" por la "i". Otros personajes (como BALAGUER y AURELIO "Fello") que han recibido una educación más formal, a veces mezclan lo formal con lo de pueblo. Y otros (como SERGIO y DENNIS) tienen un sabor más urbano dominican-york.

La escenografía, particularmente el apartamento de Nino, está descrita en la obra de manera real y naturalista sin embargo, dependiendo de la producción, también se puede representar dicho lugar de forma abstracta con la excepción de: la pintura, la barra portátil, el toca disco, un radio pequeño, la foto de Jesucristo enmarcada en plástico y la palma seca.

Ellos no hablan. Tienen palabras vírgenes. Hacen nuevo lo viejo.

La mañana lo sabe y los espera...

ELLOS - Manuel Del Cabral

Si el silencio, sobre todo el auto impuesto, vuelve a expandirse entre nosotros, estamos perdidos. Irremisiblemente perdidos.

-Orlando Martínez.

Se sabe muy bien, dentro de sí mismo, que existe sólo una magia, un sólo poder, una sola salvación... se llama amor. Pues bien, hay que amar el sufrimiento. No lo resistas, no le huyas. Lo único que duele es la repugnancia hacia él, nada más.

-Hermann Hesse, poeta alemán suizo, novelista y pintor.

Déjeme decirles, a riesgo de parecer ridículo, que el revolucionario verdadero está guiado por grandes sentimientos de amor.

-Che Guevara

Toda prisión tiene su ventana.
-Gilbert Gratiant

LÍNEA DE TIEMPO HISTÓRICA/POLITICA BALAGUER, COMENZANDO DESDE EL 1960:

- 3 de agosto, 1960: Después de años como su mano derecha y confidente, Balaguer es juramentado y convertido en el cuarto presidente títere del dictador dominicano Rafael Leónidas Trujillo Molina.

- 30 de mayo, 1961: Trujillo es asesinado después de 30 años de dictadura. Inmediatamente su hijo, Ramfis y Balaguer toman el control total del gobierno.

- Octubre, 1961: República Dominicana estaba aún sancionada por los Estados Unidos a causa de lo que había ocurrido con Trujillo. Para presentar espectáculo que el país estaba en camino a un gobierno democrático, Balaguer anuncia elecciones y permite que se formen partidos. A partir de este momento, partidos como el PRD y el MPD comienzan a nacer.

- Octubre, 1961: Balaguer, en sus esfuerzos para levantar sanciones, da un discurso en las Naciones Unidas y habla en contra del régimen de Trujillo. Muchas condiciones fueron impuestas por los Estados Unidos para levantar las sanciones incluyendo la eliminación de cualquier enlace a Trujillo.

- Noviembre, 1961: Después de capturar y matar a todos menos dos de los asesinos de Trujillo, y con la creciente presión del gobierno americano y del pueblo, Ramfis se ve obligado a abandonar el país. Era el final de la era de Trujillo.

- Enero, 1962: Los Estados Unidos levantan las sanciones.

- 1962: Piquetes contra Balaguer en el parque de independencia se convierten en caos y resulta en varios muertos y muchos heridos.

- Marzo, 1962: Con la oposición cada vez mayor, Balaguer se ve obligado a buscar refugio en la iglesia, donde espera 47 días para recibir un permiso para salir del país. Se marcha a Puerto Rico y de ahí se dirige a Nueva York.
- Diciembre, 1962: Se celebran las elecciones. Juan Bosch gana con más del sesenta por ciento de los votos.

- Febrero, 1963: Bosch es juramentado como presidente. Este se convierte en el primer presidente elegido democráticamente.

- Durante estos años la República Dominicana mantiene sólo siete meses de verdadera democracia, bajo la presidencia de Juan Bosch. Cuando un golpe de estado militar derroca a Bosch, el país comienza un periodo tumultuoso que se convierte en la guerra civil del 24 de abril de 1965. Oficiales del ejército se habían rebelado contra la junta provisional para restaurar a Bosch.

- 28 de abril, 1965: El presidente de los Estados Unidos, Lyndon Johnson, bajo el pretexto de eliminar la supuesta influencia comunista en el caribe, envía 42,000 tropas para derrotar la rebelión y toman control del país.

- 1966: el gobierno provisional, encabezado por Héctor García Godoy, anuncia elecciones generales. Balaguer aprovecha esta oportunidad, y con la enfermedad de su madre como excusa, pide permiso para regresar desde el exilio, lo cual fue concedido. Forma el partido reformista y entra en la carrera presidencial contra Bosch, haciendo campaña como un conservador moderado abogando por un cambio gradual. Rápidamente gana el apoyo del establecimiento y derrota con facilidad a Bosch, quien realizó una campaña algo silenciosa por temor a las represalias militares.

- 1966-1978: Conocido como los doce años de Balaguer. Balaguer encontró un país prácticamente ignorante de la democracia y los derechos humanos. Trató de apaciguar a los supervivientes de la enemistad del régimen de Trujillo y de la guerra civil de 1965, pero los asesinatos políticos continuaron siendo frecuentes durante su administración. Balaguer ordenó la construcción de escuelas, hospitales, cárceles, carreteras, y muchos edificios importantes. Sin embargo, su administración pronto desarrolló un reparto autoritario distinto, a pesar de las garantías constitucionales. Los opositores políticos fueron encarcelados e incluso asesinados, y periódicos de la oposición fueron capturados ocasionalmente.

- 1968: La Universidad Autónoma De Santo Domingo es señalada por grupos políticos y militares como un nido lleno de anti-Balagueristas. Hubo acusaciones de que armas estaban siendo escondidas por la universidad. Hubieron cientos de arrestos.

- 1969: La Universidad Autónoma de Santo Domingo lucha para que el gobierno aumente el presupuesto mensual a 500,000 pesos. Esto se convirtió en "La lucha por el medio millón." Los piquetes en contra de Balaguer aumentaron.

- 1970 y 1974: Balaguer fue reelegido fácilmente en 1970 contra la oposición fragmentada, y volvió a ganar en 1974 después de cambiar las reglas de votación de una manera que encabezó la oposición a boicotear las elecciones.

- 24 de septiembre, 1970: Amin Abel Hasbun es brutalmente asesinado por funcionarios de Balaguer. Hasbun era uno de los líderes en la oposición contra Balaguer. Balaguer niega cualquier participación o responsabilidad en este acto.

- 1971: Miembros de las fuerzas armadas forman LA BANDA. Este grupo está formado por uno de los jefes de policía de Balaguer. Alegan que son anti-comunistas y anti-terroristas. Asesinan a muchos en nombre de la democracia.

- 7 de octubre, 1973: Miembros de los partidos de la oposición se unen para luchar contra el gobierno de Balaguer. En Santiago, miles de personas marchan en protesta. Exigen la liberación de presos políticos, la eliminación de la corrupción y el fin de los apagones.

- 16 de mayo, 1974: Se convocan nuevas elecciones. Sin mucha oposición, Balaguer gana su tercer mandato. Inmediatamente propone la ley que prohíbe la reelección por dos períodos consecutivos.

- 1978: Balaguer busca un cuarto período de presidencia. Sin embargo, en este momento, la inflación fue en aumento, y la gran mayoría de la gente había conseguido pocos beneficios de la bonanza económica de la década pasada. Balaguer se enfrenta a Antonio Guzmán, un rico hacendado del Partido Revolucionario Dominicano. Cuando los resultados electorales mostraron una tendencia inequívoca a favor de Guzmán, el ejército detuvo el conteo. Sin embargo, en medio de protestas en el país y una fuerte presión en el extranjero, Guzmán entregó a Balaguer la primera derrota de su carrera electoral. Cuando Balaguer dejó el cargo ese año, fue la primera vez en la historia de la República Dominicana que un presidente cedió el poder a un miembro electo de la oposición de manera pacífica.

- 1982: Balaguer se vuelve a postular a la presidencia. Salvador Jorge Blanco, del PRD, derrota a Balaguer, quien dos años antes había fusionado su partido con el Partido Social Cristiano Revolucionario para formar el Partido Reformista Social Cristiano.

- 1986: Balaguer se presenta nuevamente y aprovecha una división en el PRD y un programa de austeridad impopular para ganar la presidencia de nuevo después de ocho años de ausencia. En ese momento, tenía 80 años de edad y, a causa de la glaucoma que sufría desde hace muchos años, estaba casi ciego por completo.

- 1990: En medio de acusaciones de fraude, Balaguer es reelegido, derrotando a su antiguo enemigo Juan Bosch por sólo 22,000 votos de un total de 1.9 millones de votos emitidos.

- Enero, 1994: Con casi 90 años de edad, Balaguer decide correr de nuevo a la presidencia. Su rival más destacado fue José Francisco Peña Gomez del PRD. Cuando los resultados se dieron a conocer, Balaguer fue anunciado como el ganador por sólo 30,000 votos. Sin embargo, muchos simpatizantes del PRD se presentaron a votar sólo para descubrir que sus nombres habían desaparecido de las listas. Peña gritó fraude y dió un llamado a que se diera una huelga general. En medio de muchas preguntas sobre la legitimidad de estas elecciones, Balaguer acorda celebrar nuevas elecciones en 1996 en el que no sería un candidato. Balaguer decide darle apoyo a su vice-presidente, Jacinto Peynado, quien termina lejos de llegar a la presidencia. Balaguer entonces da su apoyo a Leonel Fernández del partido de la Liberación Dominicana, en una inusual coalición con Bosch, su enemigo político de más de 30 años.

- 2000: Balaguer decide buscar un octavo término como presidente. Gana sólo el 23 por ciento de votos en las elecciones, muy por debajo de lo usual. El 14 de julio de 2002, a la edad de 95 años, Joaquín Balaguer muere de un paro cardíaco en La clínica de Domingo Abreu, Santo Domingo.

PERSONAJES

NINO ANTONIO ORTÍZ - En sus cuarenta o cincuenta y tantos años. Nacido y criado en la región cibaeña conocida como Juan López en la República Dominicana. Ha pasado la mayor parte de su vida en Nueva York. Habla con el dialecto regional "cibaeño" donde las letras "l" y "r" son substituídas por la letra "i".

SERGIO ANTONIO NINO ORTÍZ - Hijo de Nino. En sus veinte y tantos años. Un poco regordete (o bien flaco. Dependiendo del casting. Hay lineas de alternativa por si van con regordete.). Reservado y algo frío. Carga la responsabilidad de todo en la casa, incluso cuidar a Nino. Aunque ha obtenido una educación formal, mantiene partes del dialecto Dominican-York y urbano de la calle.

DENNIS ORTÍZ - En sus veinte y tantos años. Hermano menor de Sergio. Tartamudo pero no tiene nada de tímido. Transmite en su energía un espíritu frenético y destructivo pero a la vez juguetón y cariñoso. Poco responsable y tirado. Le fascina la calle. Tiene un dialecto más Dominican-York/urbano.

AURELIO ANTONIO ORTÍZ (Fello) - Hermano mayor de Nino. Rebelde y determinado. Ha obtenido una educación formal por lo tanto no habla a lo cibaeño aunque de vez en cuando se le sale una que otra cosita.

DR. JOAQUÍN ANTONIO BALAGUER RICARDO - En sus sesenta y tantos años. Presidente de la República Dominicana en varias ocasiones.

JASTON MARCELIN - Joven haitiano. Encantador, apuesto y buen mozo. Ha pasado la mayor parte de su vida en Juan López, República Dominicana. Habla con el dialecto regional "cibaeño" donde las letras "l" y "r" son substituídas por la letra "i".

154

LUGAR:

-Manhattan (uptown), Nueva York. Un apartamento de dos dormitorios en Washington Heights.

-Juan López, República Dominicana. Una humilde casa de provincia.

TIEMPO:

El verano del 2004 y entre los años 1969 y 1970.

PRIMER ACTO

Silencio y oscuridad...

En la distancia, los oxidados crujidos de ruedas que se acercan.

Entre las sombras aparece NINO ANTONIO ORTIZ en chancletas y pijama. Empuja una barra portátil. Se estaciona en una esquina y enciende un cigarrillo.

Luces.

Se revela un apartamento de dos dormitorios.

Una palma seca en forma de cruz se encuentra colocada en la puerta principal. Debajo, una foto del Sagrado Corazón de Jesús enmarcada en plástico.

La muy descuidada cocina se encuentra cerca de la entrada. Hay desorden de ollas, sazones, cajas vacías y en la mesa de comer, filas de cintas de cassette amontonadas.

En la sala, una ventana se encuentra ubicada frente a un centro de entretenimiento con filas de LP's viejos y muebles cubierto en plástico protectivo. La ventana da vista a un escape de fuego y a la calle principal. Por todos lados hay reguero de ropa y otros artículos.

Una pintura con paisaje de campo caribeño cuelga de manera prominente en una pared cercana.

(Es importante notar que la escenografía, particularmente en el apartamento, está descrita de manera real y natural sin embargo,

dependiendo de la producción, también se puede representar dicho lugar de forma abstracta con la excepción de: la pintura, la barra portátil, el toca disco, un radio pequeño, la foto de Jesucristo enmarcada en plástico y la palma. Todo lo que se acaba de mencionar debe mostrarse lo más real posible.)

NINO: Caramba... Cuanto silencio.

Pausa.

Nino corre y abre la ventana. Los sonidos del alto Manhattan afloran: Ambulancias, sirenas de bomberos, música estallando desde bocinas de carros que pasan, los alegres gritos de niños jugando con una boca de incendio...

Nino camina al tocadiscos y coloca un LP en el plato. Toca la canción Sin Remedio, del Trío Los Panchos.

NINO (CONT'D): ATAJA! ¡ESO E' PA' LO QUE 'TAMO' VIVO, COOOOÑOOO! ¡ESO SI E' UN CUERAZASO 'E MÚSICA, MI HEIMANO! ¡AGUAITA ESO! ¡OYE OYE!

Nino se prepara Barceló con hielo en un vaso verde. Mientras lo prepara, canta y baila a todo volumen:

NINO (CONT'D):

¡Sin remedio! ¡Que ya no tengo remedio! ¡EPA!

¡Pue ni arrancándome el aima, podré borrai tu pasión!

¡'SU JANTISIMO, CARAJO!

¡Sin remedio, que ya no podré olvidaite!

¡Poique te llevo en la sangre que mueve mi corazón!

Nino se asoma a la ventana.

NINO: ¡SEIGIO! ¡SEIGIO! Ven acá. ¡QUE VEN ACÁ, COÑO, TE DIJE! Sube. Que necesito que me compre' aigo. ¡NO! ¡NO LATER! ¡AHORA! Muchacho 'ei pipo ete...

Nino sigue disfrutando de la música.

NINO: ¿Y CÓMO LE DICE?

¡Sin remedio! ¡DÍCELO, ANDA!

¡Sin ti no tengo remedio...!

SERGIO ANTONIO ORTIZ, muchacho regordete (o también puede ser bien flaco) en sus veinte y tantos años, entra por la puerta. Viste de manera descompuesta: Jeans, camisa fuera de sus pantalones, tennis viejos y desgastados, cabello liso con mucha gelatina. Lleva un papel doblado en el trasero de su pantalón. Observa a Nino por un momento y luego apaga la música.

SERGIO: 'ción pa'.

NINO: ¿Pa' qué apagate mi música?

SERGIO: Que 'ción pa'.

NINO: ¿Acaso tú paga' renta aquí? Buen freco.

SERGIO: To' la vecinda' te 'tá oyendo ahí voceando como lo' loco'.

NINO: Ah pue que me oigan. (grita por la ventana) ¡'TOY CELEBRANDO VIDA, COÑAZOOO!

SERGIO: ¡Salte de ahí! Tú sabe' que el sol te hace daño.

NINO: Señore pero e' veidá... Un hombre que se crío en pleno campo... EI CIBAO. Tierra amarilla y ceica de alambre. Platano sancochao y gallina vieja ai caibon. ¿De cuándo acá soy yo dique aleígico ai soi?

SERGIO: Ya vite lo que te hizo en la piel la última ve'-

NINO: ¿Te presináte?

SERGIO: Ay, Pa'. ¿Cada ve' que uno entra y sale hay que presináse? Eto no e' iglesia. Nosotro' ni practicamo' el catolicimo.

NINO: ¿Quién ha dicho? Yo leo mi Biblia.

SERGIO: La Atalaya no e' Biblia.

Nino le de un golpe detrás de la cabeza.

NINO: ¡Muchacho 'e mieida! ¡Cierra ei josico y anda y presínate!

SERGIO: Ya te he dicho que me deje' el topecito ese.

NINO: ¡QUE TE PRESINE TE DIJE!

SERGIO: ¡'Tá bien!

NINO: En ei nombre dei padre, deil hijo-

SERGIO: Aja, ya sé.

Sergio murmura a medias la oración.

NINO: Mira... ¿Qué lo que tú 'tá' diciendo ahí? Dilo claro. Que a vece' eso' santo' se hacen lo soido.

SERGIO: ¿Y eso que me huele?

NINO: Una comidita que hice. Sirvete un chin.

SERGIO: No tengo hambre.

NINO: Y que hambré' va' a tenei. Si na' má' vive' comiendo poiquería en la calle. Por eso e' que 'tá' como un búfalo de goido. (*Otra alternativa para esta línea: Y que hambre va' a tenei. Si nunca cóme na'. Por eso e' que 'tá' como un palillo 'e flaco. Mueito en vida e' lo que parece' tú.*)

SERGIO: ¿Te tomate la' patilla' pa' la sangre?

NINO: Poiquería 'e patilla' esa'...

SERGIO: Asunto tuyo.

NINO: Que sí. Me la tomé.

SERGIO: El reto te toca en una hora.

NINO: Si me acueido será. Esa vaina e' un lío y no e' de ropa.

SERGIO: Tiene' que acordáte. Cual día te toca cual, a qué hora, la cantidad de cada una... Yo no voy a 'tá' aquí ya.

Sergio agarra una caja de pastillas y la pone en frente de Nino.

SERGIO (CONT'D): Mira...

NINO: Eso lo que parece e' una caja 'e mueito pa' ratone'.

SERGIO: Eta e' la patilla pa' la presión. Eta e' por si la de la presión jode con el hígado. Eta e' por si la del hígado jode con el etómago. Eta e' por si la del el etómago jode con la vista. Ete e' por si la de la vista jode con lo' pulmone'. Y eta tre'-

NINO: Pa' que no se le caigan lo' huevo' a uno de tanta maidita' patilla'.

SERGIO: Te voy a deja' todo ecrito en un papelito pa' que no se te olvide.

NINO: ¿Mañana en la taide e' que te va', entonce'?

SERGIO: Ajá. Depué' del...

NINO: ¿Depué' de qué?

SERGIO: Ya casi tengo to' empacao.

NINO: Y tu loquito poi laigaite, ¿veida'?

SERGIO: Un cambio de ambiente hace bien.

NINO: Cuidao si te lleva aigo mío.

SERGIO: Yo no quiero nada tuyo.

NINO: Hm. Ni siquiera me ha enseñao ei dichoso apaitamento ese.

SERGIO: E' cerca de la universida'.

NINO: Aja, ¿pero dónde exaitamente?

SERGIO: Bedford Park. En el Bronx.

NINO: Bueno, mijito... Eso e' candela pura por ahí. Na' ma' lleno 'e prieto'... y to' eso' recién llegao en yola. Ojalá no te caigan a balazo' o te den un jolop. A cada rato veo yo en la' noticia' que acribillan a uno.

SERGIO: Pue' a mi me guta, fíjate.

NINO: Claro que te guta. Iguai de canita que la sátrapa 'e tu mai.

SERGIO: Mami tiene su nombre, pa'.

NINO: ¿Y cuale' son lo' trene' que pasan por ese lugai?

SERGIO: El 4 y el D.

NINO: Mmm... Entonce' eso 'tá bien lejo' de aquí.

SERGIO: Lo suficiente.

NINO: Depué' que te vaya' no me 'te' pidiendo dinero.

SERGIO: 'Toy compartiendo el apartamento con do' persona' ma'. Con el part time que tengo me da'.

NINO: Oye. Dique pai time.. Suh... Ahorita regresa pa' atrá'.

SERGIO: No. Eso sí que no.

NINO: Prepárame un trago ahí.

SERGIO: Por favor.

NINO: ¿Ah?
SERGIO: Si quiere' que te haga algo di por favor.

NINO: ¡Será mejoi que me haga' ei favoi tú a mi! Cara 'e tubo. Inútil. ¡Apunta pa' allá!

Sergio le prepara el trago.

NINO (CONT'D): ¿Y mira? Uno solo de hielo, ¿oite? Que no quiero mente clara.

(Otra alternativa para esta linea: ¡Será mejoi que me haga' ei favoi tú a mi! Bola 'e masa. Inútil. ¡Apunta pa' allá!)

Nino tose y se muestra un poco falta de aire.

SERGIO: ¿Qué fue?

NINO: Nada, ombe. ¿Ahora no puede uno ni repirai? Pása el embromao trago ese. ¿Y ei hielo?

Sergio va a la cocina y agarra un cubo de hielo.

SERGIO: ¿Por fin dormite anoche?

NINO: ¿Pa' qué pregunta' tú eso?

SERGIO: Bueno, tú me dijíte que 'taba' viendo cosa'. ¿No te acuerda'?

NINO: Yo no te dije que 'taba viendo cosa'. No soy un demente como la mai tuya.

SERGIO: Mami se llama Norma, pa'.

NINO: ¡Anormai será! Yo lo que te dije a ti fue que 'taba era como sintiendo aigo raro.

Nino trata de encender otro cigarrillo.

SERGIO: ¿Te duele el etómago otra ve'?

NINO: No e' eso. E' como... si 'tuvieran acechando.

SERGIO: ¿Quién?

NINO: Ven acá pero eta cuetión como que 'tá toa jurungá. La' cosa' de ahora parece que la hacen con saliva e'. No sirven pa' na'. Te digo a ti...

SERGIO: El doctor te dijo que deje' de-

NINO: Mira vei tú, ven. Enciéndeme esa vaina ahí ...

Sergio sacude el encendedor y lo prende.

NINO (CONT'D): ¡Cuidao si me quema ei josíco!

SERGIO: Ay, pa'.

Sergio le enciende el cigarrillo.

SERGIO (CONT'D): Ven acá, pero esa camisa de pijama tuya 'tá torcía'.

NINO: ¿Cómo que toicía?

SERGIO: Lo' botone'. Ven pa' arreglátela-

NINO: Eso no le pasa na'.

SERGIO: Tú si 'tá' frío.

NINO: 'Toy bien.

SERGIO: 'Tá' como un bloque de hielo-

NINO: ¡Qué ya, muchacho! Héchate pa' allá.

De momento se escucha una música fuerte (hip hop) retumbando desde la calle.

NINO (CONT'D): Ah pue… Ahora si e' veidá que llegamo a belén en ei burrito... Ya empezaron eso' maidito' tigere' dei diablazo a jodei la exitencia con esa música de cocolo.

SERGIO: Bueno, tú eplota la tuya y ello' eplotan la' de ello'.

Nino se asoma a la ventana.

NINO: ¡BAJEN ESA DEGRACIMÁ MÚSICA, COÑO, QUE ETO NO E' JUNGLA AFRICANA!

SERGIO: Salte de ahí, pa'.

La música se disipa.

NINO: 'Sú manífica ni ma mea. E' vico que me tienen ya. Baisa 'e mono'.

SERGIO: Dime lo que quiere' que te compre pa' ime.

NINO: ¿Que me compre?

SERGIO: ¿No me 'taba' voceando que subiera-

NINO: Ah, sí. Mira...

SERGIO: ¿Por qué mejor no le dice 'a Dennis? Así se acotumbra. Ya yo no voy a 'tá' aquí-

NINO: Una caja 'e Maiboro. La roja. Ten' cuidao que la úitima me traíte la blanca.

SERGIO: Yo no te traje-

NINO: Agarráte la blanca.

SERGIO: Okay, agarré la blanca.

NINO: Toma...

Nino saca la cartera de un bolsillo en su pijama.

SERGIO: ¿Y ahora tiene' la cartera en la pijama?

NINO: Adio, tú sabe' que ei Denni' me coje to' lo' cuaito.

SERGIO: Lo coje porque tú se lo da'. Apueto que ni siquiera sabe' por dónde anda.

NINO: Claro... Averiguando lo dei GED ese.

SERGIO: ¿Y tú le cree' ese cuento?

NINO: Mira agarra. Cinco, die' y veinte. También agarrame una lata 'e saidina' en aceite veide, un paquete 'e yilé, do' peso' 'e plátano', un saichichóncito pa' hacé un locrito mañana, tú sabe'... pero mira, dei saichichon "campesino", ¿oite?-

SERGIO: No da pa' comprá' tanta' cosa' con veinte peso.

NINO: Pue pon tú ei reto. ¿Y tú no 'tá' diSque muy independiente con un pai time?

SERGIO: 'Tá bien.

NINO: Ven acá.

Nino le entrega más dinero.

NINO (CONT'D): Y traíme ei cambio.

SERGIO: Sí.

NINO: Y ei recibo.

SERGIO: Ajá.

NINO: Y no me vaya' donde lo' dominicano' eso' de ahí ai lao. Que son to' uno' ladronazo', aqueroso', cóme yuca.

SERGIO: Okay.

NINO: ¡AH! Véteme donde Yubeiki y métele cinco peso' a un pale. Ei 19... con ei 44. A vei si acaba de salí derecho ei jodío número dei diablo ese. Coño, poique si me lo van a seguí etrujando en to' lo' sueño' que no siga saliendo ai revé', ¿no e' veida'?

SERGIO: ¿Pa' qué lo sigue' jugando, entonce'-

NINO: Repíteme ei número.

SERGIO: 19 con el 44. Vengo ahora...

NINO: ¿Y esa cuetion que tú tiene' en ei boisillo?

SERGIO: ¿Ah?

NINO: Esa cosa que 'tá ahí to' debembá.

SERGIO: Oh... Na'.

NINO: Cuidao si tú anda' metío en aigo por ahí.

SERGIO: Yo no soy Dennis.

NINO: Te pregunté que ¿qué e' esa cosa?

SERGIO: Mi amigo me pidió que lo dibujara.

NINO: ¿Dibujai? ¿Pa' eso e' que tú te quiere' laigai? ¿Pa' voivei con la mieida esa?

SERGIO: Fue algo rápido.

NINO: Deja vei.

SERGIO: ¿Pa' qué si eso no e' na'?

NINO: Que me deje' vei, muchacho.

Nino le arrebata el papel del bolsillo.

NINO (CONT'D): Eto lo que parece e' Jesú Crito.

SERGIO: Oye...

NINO: ¿Tú 'tá dibujando muchacho' que se parecen a Jesú Crito? Yo no quiero hijo' maricone', ¿tú me oye'?

SERGIO: Oh my God.

NINO: Yo te he dicho a ti que eto' garabato' no te van a dai un poivenir.

Nino desmorona el papel y lo tira.

SERGIO: No bote' mi' cosa'.

NINO: Basura e' lo que e'.

SERGIO: Ven acá, ¿pero a tí no te guta la pintura?

NINO: 'Tará tú crackiao.

SERGIO: Tiene' siglo' con esa vaina ahí pegá en la pared. ¿Entonce'?

NINO: Eso no e' na'.

SERGIO: E' una pintura.

NINO: E' otra cosa.

SERGIO: ¿Y qué otra cosa e'?

NINO: No me cambie' la sintonía, Seigio Antonio. ¿Cuándo e' que tú te gradúa de la carrera esa dique de negocio?

SERGIO: No sé. Tengo que terminá la' clase' básica' primero.

NINO: Será mejoi que te apure'.

SERGIO: Uh huh...

Nino vuelve a darle un golpe detrás de la cabeza.

NINO: No me "Uh huh" tú a mí, ¿oíte, coño? ¡No me "Uh huh" tú a mí!

SERGIO: ¡Concho pa', ya!

NINO: ¡E' que me prende' la sangre tu con ese jodío "uh huh"! Hablando como lo' caveinicola'. Uted me dijo a mi que iba a dejai esa mariconería pero yo veo papelito' y lápizito' tirao poi to' lo' lao.

SERGIO: Ay dio-

NINO: ¿Tú quiere' seguí en ei trabajo chirípa ese ei reto de tu vida? Dique en agencia de colección. Jodiéndo a lo' dema'. Sin beneficio'. A mi no me venga' tú tocando la pueita cuando te faite aigo.

SERGIO: Que no te voy a tocá ninguna puerta-

NINO: Ya yo te he dicho... Uted debe de encontraise una gringuita en la ecuela pa' que lo' ayude.

SERGIO: Rubia y con ojo' azule', ¿verda'?

NINO: Ju. Que te coneite con un trabajito bueno. Ju know...

SERGIO: ¿Porque solamente la' blanquita' me pueden conectar?

NINO: Mejoi que to' esa' tipíta' que te rodean. Siempre preñá. Como lo curío. Un niño en cada brazo y ei hacho aidiendo. Toita' son una peidía. Ni siquiera teiminaron la secundaria. E' má', no saben ni leei.

SERGIO: Tú casi no sabe' leer.

NINO: Mira muchacho 'ei pipo... Yo no vine dei campo 'ei coño ese a criá gángster, ¿tú me oye'?

SERGIO: Uh huh- digo, 'tá bien.

NINO: Mai-tallao ete... Ni poite de profesonai caiga' tú. Mírame esa cara. 'Sú dio mío que cara. To' jalá y demacrá . Puro hueso e' lo que tú ere'. Nadie te va a contratai con esa cara 'e chupao.

(Otra alternativa para esta linea: Mai-tallao ete... Con la cara como una batea. Ni poite de profesonai caiga' tu. Nadie te va a contratai con esa goidura.)

SERGIO: ¿Va' a seguí?

NINO: Claro que voy a seguí.

SERGIO: Pue' no' vemo'-

NINO: ¡No me deje' con la palabra en la boca, degracimao!

SERGIO: Ah pue...

NINO: Andando to' defanfarrao. Como lo' bone'. Con la camisa afuera y eso' tenni' que parecen, mira mira... do' mojone'. Y te he dicho mil vece' que no te peine' como si aiguien se hubiera meao en ese caco tuyo. De milagro no lo tiene' en un afro. Siempre hangiando con to' eso' mojeto'.

SERGIO: Son afro americano'.

NINO: Ay, son cocolo' prieto' criminale'.

SERGIO: ¿Cuál e' tu asunto con la raza negra? Tú ere' negro.

NINO: ¡Mire, coño! Yo tengo sangre epañola.

SERGIO: ¿De quién? ¿La quinta prima de la tátara abuela?

NINO: Tú como que me 'tá' etrechando el hilo dei culo hoy, ¿veida'?

SERGIO: Ay, mi dio'.

NINO: Lo que debería' de hacei e' seguile el ejemplo a Julio César.

SERGIO: ¿Quién?

NINO: Tu heimano Julio César. Aja, ¿qué fue? ¿Se te oividó? Aunque no son de la mima mai son heimano'.

SERGIO: Aja... ¿Y cuándo fue la última ve' que esa persona llamó aquí?

NINO: Pue' mira que esa peisona si sabe hace' la' cosa' bien. Acaba de teiminai su' etudio'. Se graduó en tres año', pa' que lo sepa'. Va a sei maetro. Y tú... pintando muchacho' que se parecen a Jesu Crito.

SERGIO: ¿Y el se va a muda' pa' 'trá de Texa'?

NINO: Ah, eso si yo no sé.

SERGIO: Mm. Pue debería.

NINO: ¿Cómo que debería?

SERGIO: Bueno, ya que el sabe hacé la' cosa' tan bien... A lo mejor el puede ayudar.

NINO: ¿Con?

SERGIO: ¿Tú no le dijíte lo que 'tá pasando?

NINO: ¿De qué? Nada 'tá pasando.

Pausa.

NINO (CONT'D): Y ya vete ante' que se haga má' taide.

SERGIO: Anoche llamaron del hopital.

NINO: ¿Anoche?

SERGIO: A mi celular. Ya yo le dije que te llamen a ti directamente-

NINO: ¡Bah! Ganas de jodeR, seguro. Baisa 'e lechuzo'.

SERGIO: Llamaron tarde. Ya tú 'taba' durmiendo.

NINO: ¿Y pa' qué llamaron tan taide?

SERGIO: Pa' habla' de lo análisi' que te hicieron la semana pasada.

NINO: Aguajero' eso' siempre quieren que yo vaya pa' allá. Na' má' jalándole y jalándole lo' chele' a uno. Pero mira... Ete cohete. ¡Ñeca e'!

SERGIO: No e' eso. E' que quieren que...

NINO: ¿Qué?

SERGIO: Tú sabe'...

NINO: Ah coño, Seigio. ¡Seré yo adivino!

SERGIO: Quieren que tú vaya' pal hopital mañana en la mañana pa' sacate la cosa del etómago ante' que se riegue.

175

NINO: ¿Qué se riegue de qué?

SERGIO: Bueno... en el cuerpo.

NINO: ¿En ei...? O sea...

SERGIO: Ajá.

NINO: ¿Mañana en la mañana?

SERGIO: Lo detectaron a tiempo y piensan que si tú va'-

NINO: ¿Tan pronto?

SERGIO: Quieren operate pa' ve' si la cosa-

NINO: ¿Mañana en la mañana?

SERGIO: Si no la pueden sacá-

NINO: ¿Me voy a morí e'?

SERGIO: No no no. Déjame eplicáte-

NINO: ¿Qué má' dijeron?

SERGIO: 'Tan supueto a llama' pa' ver a que hora te van a admitir.

NINO: ¿Y tú me viene' a deci esa vaina a mi ahora, e'?

SERGIO: E' que 'taba eperando-

NINO: ¿Eperando qué?

SERGIO: A ver si te aprueban el disability. 'Taban supueto a llama' hoy-

NINO: 'Pérate 'pérate. Aguántame ese tren que todavía no he comprao ei ticket. ¿Disability? ¿Tú le dijite a la gente en ei trabajo que yo 'toy enfeimo?

SERGIO: Ya tú no puede' 'tar limpiando oficina'-

NINO: ¡Yo no 'toy enfeimo!

SERGIO: ¿Y entonce'? ¿Qué e' lo que tú 'tá'?

NINO: ¡ME CAGO EN LA PUTA MADRE! ¡LA MUEITE NO ME ENTRA AQUÍ, ¡¿TÚ ME OYE'?!

Nino lanza varias cosas en dirección de Sergio.

Pausa.

SERGIO: Yo no voy a limpia' tu reguero.

Sergio se marcha sin persignar.

Entre las sombras ronda la presencia de Balaguer.

NINO: Mañana en la mañana...

VOZ DE BALAGUER: Nada de gritaderas...

NINO: Yo no voy pa' ese hopitai.

BALAGUER: Nada de funerales ni rezos...

NINO: No voy pa' ese sitio.

BALAGUER: Es más, pongan música. Pongan la radio. Bailen. Como si nada hubiera pasado.

Detrás de Nino aparece BALAGUER, vestido en su traje típico de saco negro, fedora y lentes.

NINO: Cristo en la cru'...

BALAGUER: No precisamente.

NINO: Santo padre celetiai.

BALAGUER: Mucho menos. Doctor Joaquín Antonio Balaguer Ricardo.

NINO: Ei mimito gallo colorao.

BALAGUER: Más bien poeta. Abogado. Presidente de nuestra república y padre de la democracia dominicana.

NINO: Hace tiempo tiempo que 'tá enterrao.

BALAGUER: Demasiado.

NINO: Uted e' el que ha 'tao acechando.

BALAGUER: Se está nublando.

NINO: Voy a tomai un chin de lu' ante que se vaya-

Nino se agarra el estómago en dolor.

BALAGUER: Su cuerpo no lo aguanta. Baje en la noche.

NINO: La luna no calienta ei cueipo.

BALAGUER: Lo deja frío.

Balaguer enciende el tocador radio/cassette. Transmite estática y voces que parecen venir de bien lejos.

La canción Navidad Con Libertad de Vinicio Franco es introducida por Radio Guarachita.

VOZ DE LOCUTOR: Y en este glorioso año del '69 que ya casi se nos despide... A solo meses de las anticipadas elecciones, tenemos el placer de presentarles un tema que carga el espíritu de nuestra Quisqueya en sus marcadas palabras y bella melodía. Navidad Con Libertad.

La música toca.

Un cigarrillo es encendido por una presencia oculta.

AURELIO "FELLO" ORTÍZ aparece con cigarrillo en mano.

AURELIO: Quita esa basura. Ey... ¿Tú no oye'?

Aurelio cambia la estación. Toca El Concierto de Brandenburgo N º 3 en sol mayor, BWV 1048 - Allegro de Johann Sebastian Bach.

Es diciembre, de 1969. Una humilde casa en Juan López, provincia de Moca. Ésta es una región de la República Dominicana conocida como El Cibao.

Los dos comparten el cigarrillo.

AURELIO (CONT'D): Ahora sí, ¿tú ve'? Eso sí e' un cuerazaso 'e música, mi hermano.

NINO: Ay, tú. Suena como si 'tuvieran toiturando violine'.

AURELIO: La compuso Bach.

NINO: ¿Behk?

AURELIO: Baaach.

NINO: ¿La compuso un chivo?

AURELIO: Qué chivo. Música clásica, Nino. Oye... el marco del ritmo... Ese pálpito en su movimiento... La precisión de cada nota. Años de esfuerzo para crear algo perfecto.

El búcaro en que muere esa flor pura-

NINO: Ahora sí e' veidá que retueice la pueica ei rabo. ¿Va a empezai tú con la declamadera esa?

AURELIO:

¡El búcaro en que muere esa flor pura...!

un golpe de abanico lo quebró,

y tan ligera fue la rozadura

que ni el más leve ruido se sintió.

Así a veces la mano más querida

nos roza sutilmente el corazón.

Y lenta se abre la secreta herida,
Y se mustia la flor de la ilusión.

Pausa.

NINO: No entendí ni papa.

AURELIO: Del poeta Francés Sully Prudhomme. Significa-

Nino apaga la música.

NINO: ¿Quiere' que te sirva un chin dei lambí que hice?

AURELIO: Tú sabes que no soporto esa porquería de provincianos.

NINO: Ay... pero y a ete, ¿quién lo patrocina? Poique 'tá en la univeisida' y habla mejoi que uno quiere tiraise ei peo má' arriba de la naiga.

AURELIO: Mejor prepárate un cafecito.

NINO: Ay, no. Siempre me sale to' achicharrao.

AURELIO: ¿Tanta veces que mamá te ha enseñado y todavía no aprendes?

NINO: Ah pue... No me sale en ei fogón de mieida ese. ¿Qué tú quiere' que yo haga?

AURELIO: Yo no me explico como alguien achicharra un café.

NINO: Ya ombe con ei café ese. Y ven pa' arreglaite eso' cabellito' que lo' tiene to'-

AURELIO: Deja. ¿Acaso tú me ves cara de recién nacido?

NINO: Oh pero bueno. Ni que fuera' plato 'e poicelana, tú.

AURELIO: Pásame el peine.

NINO: Anda con mucho afán poi salí.

AURELIO: Aja...

NINO: ¿Pa' dónde e' que va'?

AURELIO: Prepárame un traguito ahí de un pronto.

NINO: Hm... No llegue' taide.

AURELIO: Um hm...

NINO: 'Tá bonita la guayabera que te compró mamá.

AURELIO: Te la presto cuando quieras.

NINO: No, hombre. Eso e' tuyo.

AURELIO: Y tuyo. Todo lo bueno que entre hay que compartirlo.

NINO: Déja veite ei poite... ¡Ese pantalón!

AURELIO: ¿'Tá seguro?

NINO: Va peifecto con la camisa.

AURELIO: Me lo cambio, entonces.

NINO: Y ¿poi qué?

AURELIO: Los gustos tuyos son cuestionables, Nino. Siempre vestido como acabado de salir de uno de esos conucos apestosos.

NINO: ¡Ay, ve! Pero oye a ete culo cagao. ¿Ahora 'tá tú privando en tutumpote?

AURELIO: Tener clase no cuesta ni un solo centavo.

NINO: Pero la guayabera que te pusite sí.

AURELIO: -La dignidad no consiste en poseer honores, sino en la conciencia de que los mereces.-

NINO: Y dale con la declamadera.

AURELIO: Lo dijo Aristóteles.

NINO: Aritotao, será.

AURELIO: Mañana mismo te doy la guayabera para que te la pongas.

NINO: Que no quiero ninguna jodía guayabera, Fello.

AURELIO: Así también impresionas a la novia.

NINO: ¿De qué novia 'tá hablando tú?

AURELIO: Bueno, ¿tú ahora no andas con la muchachita esta... ¿Cómo e' que se llama? La tetúa...

NINO: Se llama Noima. Y no andamo'. 'Tamo' como quien dice... Tú sabe'... conociéndono'.

AURELIO: Me parece bien. Norma e' una muchacha educada. Bonita. Tetúa-

NINO: ¡Fello!

FELLO: Mucho mejor que la campesina esa con la que salías antes... ¿Cómo era que se llamaba? ¿Bombillo?

NINO: Pero e' veida' que a ti si te guta... ¡Se llama Luz!

AURELIO: Apagón, mejor dicho.

NINO: Ey.

AURELIO: Na' ma' de bruta largándose dique para Nueva York a freí tusa con lo' jodío' yanqui' del diablo eso. Bonito que le va a ir. En fin, sea la Norma o sea la lámpara esa-

NINO: ¡Luz!

AURELIO: Por lo menos rompiste el compinche que tenías con el dichoso haitiano.

NINO: No empiece con Jaston.

AURELIO: ¿Ves? Rapidito a la defensiva.

NINO: Ninguna defensiva. Él e' amigo de la infancia.

AURELIO: Amigo el ratón del queso y se lo come.

NINO: A ti lo que no te cae e' que Jaston e' Balaguerista.

AURELIO: Ignorante es lo que es. No se acuerda que el Balaguer y el Trujillo son de la misma caña.

NINO: No señoi. Balaguei e' muy diferente ai Trujillo.

AURELIO: -Cuando se sigue la política de aliarse a los enemigos, se sigue también la práctica de los enemigos.-

NINO: A vei si adivino... Juan Bosch, ¿veida'?

AURELIO: PROFESOR Juan Bosch. El que volverá-

NINO: Ei que voiverá a tomai la presidencia. Aja, sí.

AURELIO: ¡Así será!

NINO: Si ya lo tumbaron en ei '63.

AURELIO: ¡Por eso' americano' entrometío'! El gobierno del Johnson acusándolo dique de comunismo. ¿Tú ha' visto?

NINO: Ay, no no no. No me empiece con la fuñía política.

AURELIO: Ten cuidado con el jodío prieto ese, Nino. Nada más te lo estoy diciendo. Por ahí andan hablando.

NINO: ¿Hablando de qué?

AURELIO: Si estás con la tal Norma no te preocupes.

NINO: Toma ei trago.

AURELIO: ¿Te ha cogío la maña a ti de servirme en ese vaso?

NINO: Era ei de papá.

AURELIO: Sírveme en otro por favor.

NINO: La veidá e' que tú jode' má' que una chincha en ei culo.

AURELIO: Y pásame la correa.

NINO: Todavía no me ha dicho pa' donde e' que va', poi fin.

AURELIO: Por ahí.

NINO: Y ¿qué e' por ahí?

AURELIO: Una reunión.

NINO: ¿Qué reunión?

AURELIO: Una reunión.

NINO: ¿En la O&M?

AURELIO: No.

NINO: No me diga' que todavía tu anda' cheichando con ei grupito ese de la UASD.

AURELIO: ¿Y eso qué?

NINO: ¿En qué asunto e' que tú anda'?

AURELIO: ¿No me acabas de decir que no empiece con la política?

NINO: Te hice una pregunta, Aurelio.

Aurelio le entrega una libreta.

NINO (CONT'D): ¿Y eto?

AURELIO: Ábrelo.

NINO: Yo na má' veo garabato aquí. Tú sabe' que yo casi no sé- Digo... Eto' ojo' mío' 'tan to' deconchinflao. Parece que necesito lente'.

AURELIO: Son nombres. Mira... Guido Gil: desaparecido. El senador Casimiro Castro: atentado contra su vida. El comandante Pichirilo: Asesinado. Orlando Mazarra: Asesinado. Luis Parris: Asesinado. Sólo en esta lista hay más de cien.

NINO: ¿Y pa' qué tiene' tú to' eso' nombre'?

AURELIO: Para que no se olviden.

NINO: Ten cuidao, Fello.

AURELIO: Hay que cambiar la situación. Cada uno en su patria...

NINO: Papá confió en el Trujillismo siguiendo esa mima idea y mira lo que le pasó.

AURELIO: ...sin amos extranjeros. Como lo' cubano.

NINO: ¿Lo' cubano?

AURELIO: Establecer una sociedad sin clases, lejos del poder gubernamental.

NINO: Mira, niño-

AURELIO: ¡No me digas niño!

NINO: ¡Pue no actúe' como uno, carajo! ¡Tú no tiene' na' que bucai en cuba! Eso 'tá podrío en comunismo.

AURELIO: Todo lo que ustedes no entienden de una vez lo clasifican como comunismo.

NINO: Será mejoi que te apure. Que no' tenemo' que ir pai coimado a ayudai a mamá.

AURELIO: 'Toy jarto de ese colmado del diablo.

NINO: Ese coimado dei diablo como tú le dice no' ha dado batante.

AURELIO: ¿Y qué tenemo'? Techo de zinc y piso de arcilla. El gobierno se lo coge todo. Balaguer nada más vive soltándole pesos a todos esos políticos para que lo respalden. Matan al hijo de puta de Trujillo y de una vez entra otro tiburón. Parece que e' en fila que 'tan eperando lo' degraciao.

NINO: Hay que daile chance. Balaguei apena 'tá empezando-

AURELIO: Un hombre que sirvió más de treinta y pico de años LAARGO bajo la dictadura de Trujillo no está apenas empezando, déjame decirte.

NINO: Bueno pero poi lo meno 'tan arreglando pista. Contruyendo hopitale'-

AURELIO: ¿Y por eso la dictadura ya no existe? ¿Por qué tú crees que a cada rato celebran dique la inauguración de un dichoso semáforo o la apertura de una nueva pista? Con eso e' que ello lo cubren.

NINO: ¿Cubren qué?

AURELIO: Muchas veces la dictadura se esconde bajo las alas de la democracia.

NINO: Mamá te mandó a etudiai pa' que te preparara, ¿oíte? No ha meteite en vaina de jóvene' idealita.

AURELIO: Ustedes querían que yo fuera para la universidad. Pues, en la universidad lo que hay es lucha.

NINO: La lucha no paga la luz. La comida. La ropa que te pone.

AURELIO: Pero muy bien que la facilita.

NINO: ¡Coño Fello! ¡Ya deja ese asunto!

AURELIO: De tanta la gente ¿cómo puede ser tú el que me pide eso? ¡Tú viste a papá! Los ojo' hinchao. La boca partida. El papá del que yo casi ni me acuerdo porque lo dejaron tirado en una calle descuartizado como un perro. Sus partes expuestas... ¡Pudriéndose en una acera hasta que nadie aguantara la peste! ¡Y ahora el mismo hombrecito que trabajó junto a ese maldito gobierno es PRESIDENTE! Rápido que se olvidan las cosas. Por eso es que todo se repite.

NINO: Tú ere' estudiante no político.

AURELIO: ¡Mientras uno más estudia más aprende! Y mientras más aprende más vive uno en el desencanto. A lo mejor por eso es que hay tantos analfabetos en este país. Quizás es mejor estar ciego y sordo.

NINO: No diga eso.

AURELIO: Entonces deja la ceguera, hermano. Abre los ojos. Estudia. ¡Aprende! Mira, si tú quieres yo te ayudo-

NINO: No tengo tiempo pa' eso.

AURELIO: ¡¿Pero sí tienes tiempo para pasar el resto de tu vida vendiendo plátanos en un colmado?! ¡Regalándole el alma al jodío Balaguer del coño-

NINO: ¡Ssst!

AURELIO: Ese vende patria, asesino, títere-

NINO: ¡Cuidao si te oyen!

AURELIO: Ah, pue. ¿No dique estamos en una democracia?

NINO: Baja la vo'-

AURELIO: Bien lo dice el profesor...

NINO: Cierra ei pico-

AURELIO: -La democracia es un lujo de países ricos-

NINO: ¡QUÉ TE CALLES YA!

AURELIO: ¡UTED NO E' PAI MÍO ASÍ QUE NO ME DIGA LO QUE TENGO QUE HACER!

NINO: ¡NO SERÉ PAI TUYO PERO TÚ ME REPETA A MI, OÍTE COÑO!

Pausa.

Aurelio se dirige hacia la puerta.

NINO (CONT'D): Presínate ante de ite.

AURELIO: Ya yo no creo en esa pendejá.

Aurelio se marcha.

Nino se apresura hacia la cocina.

BALAGUER: ¿A dónde va?

NINO: Tengo que colai café.

BALAGUER: ¿En medio de un recuerdo?

NINO: Adio, e' mi recueido y puedo tenei café si quiero. Oh oh. ¿Cuaí e' el asunto? De seguro uted nunca ha colao. Mire... Pa' haceise un cafecito que le quede pero poi la maceta primero se pone a heiví un chin de agua en una olla...

BALAGUER: Huyendo de su país sin embargo preparando café tal y como enraizado en la sangre.

NINO: ...Depué' se hecha ei café y se mueve con un jarrito pero que 'te bien limpio. Pa' arriba y pa' abajo... Se deja un ratico en la etufa pa' entonce' pasailo por ei coladoi... Pero mire, de eso' coladore' que parecen hecho de media. No esa vaina dique de greca. Se pasa ei café con cuidaito... Se enduiza ai guto... lito pa' la guerra. ¡Ah! Faita la leche freca acabadita de salí de la vaca y un mantecaito calientico ai lao pa' mojailo y envoiveilo en la natica. Caramba.... Cuanto tiempo.

BALAGUER: Residuos de un recuerdo sin valor.

DENNIS ORTIZ, un tartamudo de veinte y tantos años, entra por la puerta masticando chicle: pantalones anchos cayendo de la cintura, camisa tamaño más grande de lo debido marcada con una imagen gigante de Pablo Escobar, cabello descompuesto, tatuajes, múltiples aretes... Toma a Nino en un fuerte abrazo.

DENNIS: ¡ROMPAN FILA PUNTO COM Q-QUE LLEGÓ EL BACANO QUE FALTABA! ¡D-D-DÍMELO, PAPACHÍSIMO!

NINO: ¡Déjame, muchacho ei diablo!

DENNIS: Tú-Tú si 'tá frío, men.

NINO: ¡Qué me deje, carajo!

DENNIS: 'Tá c-c-como una nevera.

NINO: ¿Te presináte?

DENNIS: Voy a 'tá yo c-creyendo en esa pendejá.

NINO: Má' repeto, ¿tú oye?

DENNIS: Dame veinte peso.

NINO: Veinte trompá e' lo que te voy a dai yo a tí.

DENNIS: Ay mi cochita linda y pechocha de papá-

NINO: ¡Coño, que te vaya' pa' allá!

DENNIS: P-Pero y ¿qué fue?

NINO: No sea' tan pegajoso.

Dennis juega con el chicle dentro de su boca. Sus palabras difícil de entender.

DENNIS: ¿C-Con quién tú 'taba hablando?

NINO: ¿Ah?

DENNIS: Te oí ahí con alguien. ¿'T-'Taba en el teléfono?

NINO: ¡Deja de macai ei jodío chicle ese! ¿Gago y entonce' macando chicle? Ni un padre nuetro se te entiende.

Dennis tira el chicle al estilo baloncesto.

NINO (CONT'D): ¡No me tire eso- Coño, pero ete niño-

DENNIS: No me diga' niño, men.

Dennis zumba sus zapatos y los tira donde caigan.

NINO: Mira... Óyeme, aqueroso... E' a ti que te 'toy hablando. Recógeme eso' zapato' de ahí.

DENNIS: Ahorita, loco.

NINO: ¡QUE LO RECOJAS!

DENNIS: Alright! Damn, kid.

NINO: Y háblame en epañol, please.

DENNIS: Ya deja de ladrá tanto, pa'.

NINO: Pero ven acá... ¿y qué decricaje e' que tú tiene' con esa ropa? ¡Súbete lo' pantalone', muchacho! Enseñando lo' pantalocillo' a titirimundati.

DENNIS: Asi e' que van. E' el etilo, B.

NINO: Qué bee ni qué bee. ¡Yo no soy ninguna jodía abeja así que no me diga bee!

DENNIS: 'Tá 'to.

NINO: Y hame ei grandisimo favoi de quitaite esa jodía camisa que tú sabe' que no la sopoito.

DENNIS: Eso e' Don Pablo Escobar. El p-patrón number one.

NINO: Asesino e' lo que e'. ¿Ahora se la han cogío utede como si eso fuera moda? Repeten, coño.

DENNIS: Pero, pa'... ¿También m-me va a decí' lo que me puedo poné'- ?

NINO: ¡Que te la quites te dije!

Dennis se quita la camisa. Debajo carga una camiseta manga corta.

DENNIS: Concho... M-Ma' que jode punto com.

NINO: ¿Qué e' lo que tú dice'?

Dennis irrumpe en canción y baile: Una bachata (algo del grupo Aventura, Romeo Santos o Prince Royce).

DENNIS: Tinku tinku tinku tinku tinku... ¡Barrrbaráso!

NINO: Ah pue. Ete 'tá má' loco que la cabra 'e genara.

DENNIS: ¡Um um um!

NINO: Mira mira... Un orangután e' lo que parece' tu.

DENNIS: ¡Chercha punto com, pops! V-Vamo a bailá, ven-

NINO: ¡Quítate!

DENNIS: ¡WEEEEPA! ¡Mi-Mi-Mi papachísimo chulo y pechocho!

NINO: "Mi-Mi-Mi..." ¿Ahora 'tá tú como el correcamino?

DENNIS: Man, shut up.

NINO: A mi no me diga' tu choot up, ¿oite? Buen freco. Deja tu can.

Dennis busca algo de comer en la cocina. Nino se prepara otro trago.

DENNIS: ¡Yo, Pa'!

NINO: Ah.

DENNIS: Eta nevera 'tá como una piscina... ¡Na' má' tiene agua!

NINO: Ven cómete un chin dei lambi que hice.

DENNIS: ¿Lambon?

NINO: Lambí, muchacho. Míralo ahí.

DENNIS: ¿Qué e' esa cosa?

NINO: Como un guiso 'e marico' y vaina.

DENNIS: ¿E' Dominicano?

NINO: Ju.

DENNIS: P-Primera ve' que lo menciona'.

NINO: Tiene que 'tai calientico todavía. Pruébate un chin,
ven.

Nino destapa la olla.

DENNIS: ¡Fo, coño! Que maRdito vajo a peo hindú.

NINO: ¿Y qué e' eso, muchacho? ¿Dique peo hindú?
Prueba-

Nino le ofrece una cucharada.

DENNIS: ¡Suh! Hecha eso pa' allá.

NINO: Toma para que veas, hombre de dio'.

Dennis lo prueba e inmediatamente lo escupe.

DENNIS: ¡UGH! ¡ESA VAINA SABE A BOLSA!

NINO: ¿Acaso tú ha' probao boisa pa' sabei cómo saben?
Te voy a seiví un plato-

DENNIS: ¡Que n-no quiero esa cosa hedionda a nalga,
loco!

NINO: Mañoso ete.

DENNIS: ¿Tú dique n-no soporta el patio y c-cocinando
esa cuetión?

NINO: ¿Patio?

DENNIS: Así le decimo' a dominicana en el bloque.

NINO: Yo nunca he dicho que no sopoito mi paí.

DENNIS: Whatever. Na' má' vive q-quejándote to' el tiempo. Que si se va la luz. Que si tenía que c-caminá' con el tío Fello pa' conseguí agua en una... ¿cómo e' que se llama la vaina esa?

NINO: Una tina.

DENNIS: Ajá. Pero to' el tiempo tomando ron dominicano y haciendo c-comida dominicana. Y v-viendo to' eso programa dominicano en el cable. ¿Entonce'?

NINO: No e' el paí lo que uno no sopoita, Denni'. E' lo que 'tá en ei paí.

DENNIS: ¿Y qué e' lo que 'tá allá?

NINO: ¡Ay, ya deja de hablai tanta sica, hombe!

DENNIS: ¿D-De dónde e' que nosotro' somo'?

NINO: ¡No te acabo de decí que me deje ei teque teque ese!

DENNIS:¡Yo quiero sabé!

NINO: ¡Si te lo he dicho como mil vece' ya!

DENNIS: ¡Dilo otra ve'!

NINO: De Juan Lópe'. Ei Cibao. Y no nosotro'. Ute e' de aquí. Lo' Junited Estay.

DENNIS: Yo quisiera conoce' la madre tierra.

NINO: Oye al otro.

DENNIS: Vamono' pa' allá.

NINO: Oh sí... ¿A depeidiciai yo mi cuaito bien sudao y ganao en ese paisito jediondo y toicío? Hame ei favoi.

DENNIS: ¿Vé que no lo soporta'?

NINO: Cómprate ei pasaje y ve tú. O dile a la loca 'e tu mai que te lo compre.

DENNIS: Tú sí ere' pijotero, B.

NINO: ¡Que no me diga' B!

DENNIS: Whatever.

NINO: Y ya déjame ei "gua-tey-báh" ese, ¿oíte? ¿Pa' dónde era que tú andaba'?

DENNIS: C-C-C-C-

NINO: ¡Sácalo pa' fuera, coño!

DENNIS: ¡E' que a vece' me 'trabanco!

NINO: En to' te 'trabanca' tú.

DENNIS: Andaba c-c-con Max por ahí tirando basketball.

NINO: Hm. Será que 'taba en ei paique ese.

DENNIS: ¿C-Cual e' tú titingó con lo' Cloister? E' un parque na' má'.

NINO: Ute va pa' allá a fumaise esa basura. Cuando te píllen no me venga con lloriqueo.

DENNIS: Fumáse un chin de jale n-no tiene na' de malo, pa'. E' de la madre naturaleza.

NINO: La madre mieiduleza será. Recueida lo que te dijo ei tipo de la probatoria. Otra má' y no te van a dejai salí. Tú sabe' muy bien que eso' recién llegao en yola' son toíto' uno' vende droga'.

DENNIS: Son mi' amigo'.

NINO: Amigo ei ratón dei queso y se lo come, mijito. Será mejoi que te ponga la' pila' y agarre ei GED ese. ¿Tú no me dijite que fuite averiguai?

DENNIS: No me dió tiempo. 'Taba ocupao.

NINO: ¿Y con qué? Si tú no hace' na'. Me saqué yo la lotería con eto' do' idiota'. Seigio hangiando con mojeto' cocolo' y tú con criminale'. No sirven, coño, ni pa' llevái puta' a confesai. Iguai de bruto que la mai.

DENNIS: No empiece' con mami.

NINO: ¡Yo empiezo con lo que se me de la gana, carajo! ¿Poi qué tú siempre la defiende'?

DENNIS: ¡She's my moms, yo!

NINO: ¿Oh sí? ¿Tu mai? ¿Y se degaritó y lo' dejó zumbao a ti y a Seigio?

DENNIS: N-No fue a mi y a Sergio que dejó zumbao.

NINO: Mira, hijo 'e la gran san semilla... Ya deja de hablai churria ahí y ve y agárra ei cloro pa' que etruje' la bañera que tá toa cuitía.

DENNIS: Tú 'tá' pasao, men. Sergio e' el q-que siempre hace esa vaina.

NINO: Pero ya ei se va.

DENNIS: P-Ponte tú a creele. Ahorita regresa otra ve'.

NINO: Ei dice que no.

DENNIS: Pue c-contrata a alguien pa' que te lo haga, entonce'.

NINO: Oye ai mongólico ete.

DENNIS: Pue claro. No e' mi culpa que tú 'tá' to' chueco.

NINO: Aquí no hay ningún chueco, ¿tú me 'tá' oyen-

Nino intenta darle en la cabeza al igual que hace con Sergio pero Dennis lo bloquea.

DENNIS: Ey, cuidao... Yo no soy Sergio, ¿oíte?

Dennis se pone los zapatos.

NINO: ¿Pa' la calle otra ve'?

DENNIS: Mejor que aquí.

NINO: Pero si acaba' de subí.

DENNIS: Tú-Tú na' ma' vive' l-ladrando to' el tiempo, pa'. Eso jarta.

NINO: Toma...

Nino saca la cartera de su pijama.

DENNIS: ¿Qué?

NINO: Lo' veinte peso' que me pedite.

DENNIS: Oooh, p-pero si el caballero 'tá econdiendo la mercancía en su pijama. SecreticoS punto com.

NINO: Agarra.

DENNIS: Dame veinte ma'.

NINO: ¡Mire, coño!

DENNIS: 'Tá to.

Nino se agarra el estomago.

DENNIS (CONT'D): ¿Qué fue?

NINO: Na'.

DENNIS: No parece que e' na'.

NINO: Ete etómago mío que a vece' se pone medio cachicambiao.

DENNIS: ¿Te buco a Sergio?

NINO: Ahorita se me quita.

DENNIS: ¿Pero tú 'tá'-

NINO: Siéntate un momentico.

DENNIS: ¿Va a dejá de ladrá?

NINO: Siéntate, niño.

DENNIS: Que no me diga' niño, men.

Dennis se desploma en la silla y pone los pies en la mesa.

NINO: ¡No te me tíre así en la silla que me la rompe'!

DENNIS: ¿Ve lo que te 'toy diciendo?

NINO: Bueno, tampoco voy a dejai que me detruya' la casa. ¡Bájame la pata 'e la mesa!

DENNIS: ¡Sí, mi general!

NINO: Señore' pero mira la hora que e' y ei Seigio que no me llega con lo que le mandé a comprai.

DENNIS: Yo vi que salió degaritao por ahí. T-Tenía una carota... P-Por eso yo subí. A ve' qué lo que.

NINO: ¿No te dijo que llamaron del hopitai anoche?

DENNIS: No. ¿Pasa algo?

NINO: Ya tú sabe'. Ei mimo arró' blanco de siempre.

DENNIS: Dame lo' chele' y yo voy y te buco lo que tú quiere'.

NINO: Será pa' que te desapareca.

DENNIS: Sergio n-n-no e' el único que sabe hace' la' cosa'.

NINO: No que la' sabe hacé, Denni'. Que la' hace.

DENNIS: Pue no-no deje' que se largue, entonce'.

NINO: Yo no lo puedo obligai.

DENNIS: Dile que tú n-no quiere' que se vaya.

NINO: Díselo tú.

DENNIS: Yeah. Okay.

NINO: ¿Tú sabe' si ei 'tá dibujando otra ve'?

DENNIS: Q-Que yo sepa él dejó eso.

NINO: Yo lo vi ahí con un garabato.

DENNIS: ¿De verda'? Pue eso 'tá chulo.

NINO: ¿Chulo?

DENNIS: Claro. Él e' un tigere gallo con ese asunto.

NINO: Será mejoi que no se vaya a metei en tollo' otra ve'. Mucho sacrifiqué yo pa' que me saiga con esa buena mieida.

Fuertes truenos estremecen el apartamento.

DENNIS: ¡La crema de noche! V-Viene una tormenta del diache por ahí.

NINO: Y así quiere' andai tú en la calle. Te digo a ti que ete muchacho...

DENNIS: Vamo' a tocá alguito pa' apaciguá la cosa.

NINO: No prenda eso.

DENNIS: E' que eto aquí p-parece funeral, pa'.

NINO: Ningún funerai. Aquí 'tá bien.

Dennis enciende la radio. Toca la canción Sin Remedio, del Trío Los Panchos. Nino lo apaga de inmediato.

DENNIS: ¿Wassup? Si a c-cada rato tú la pone' a to' lo que da'.

NINO: Pero ahora no quiero ecuchaila.

DENNIS: ¿Por qué?

NINO: ¡Poique no quiero y ya!

Dennis vuelve a encender la radio.

NINO (CONT'D): ¿Tú no oye'?

DENNIS: Esa canción e' rara...

NINO: ¡APAGA ESO!

Nino apaga la radio. Dennis desvanece entre las sombras.

BALAGUER: Hermosa melodía.

NINO: Saigace.

BALAGUER: Un hechizo...

NINO: No quiero eso aquí.

BALAGUER: Un conjuro...

Detrás de Balaguer aparece JASTON. Hombre guapo, color oscuro.

JASTON: Bèl nonm...

Es febrero de 1970 en la República Dominicana. Dos meses después de la última escena en Juan López.

JASTON (CONT'D): ¿Qué fue, muchacho? Te ve' ma' epantao que una guinea tueita.

NINO: E' que 'taba en otra época.

JASTON: ¡¿AH?!

NINO: Digo... Cuánto tiempo.

JASTON: ¿Me va' a invitai a pasai o va' a eperai que empiece a llovei?

NINO: Pasa, Jaston.

JASTON: Teniente.

NINO: ¿El qué?

JASTON: Ahora soy Segundo Teniente Jaston Marcelin. Pa' que lo sepa'.

NINO: ¿Tan rápido?

JASTON: ¿Quiere' vei la maicha que dirijo?

NINO: No, hombe. No te preocupe-

Jaston le muestra.

JASTON: Un, do', un, do', ¡HUT!

NINO: ¿Y eso e' to'?

JASTON: ¿Cómo qué si eso e' to'? Hay que sudai la gota goida pa' conseguí eso que tú ve' ahí.

NINO: Pue... felicidade'.

JASTON: ¿Quién lo hubiera dicho, veida'? En Haití me hubiera yo podrío.

NINO: 'Tá bonito tu traje.

JASTON: Gracia'.

NINO: Ojalá no te quedara tan bien.

JASTON: Pue mira que me queda peifecto. Y cuando lo llene de medalla' mejoi se va a vei todavía. Tú debería' de unirte. Yo puedo hablai pa' que te pongan en mi unidad.

NINO: Yo no me meto en esa cuetión.

JASTON: Pero tu heimano sí se mete.

NINO: ¿Tiene' hambre? ¿Quiere que te sirva-

JASTON: ¿Cómo andan la' cosa' por aquí?

NINO: Entre Luca y Juan Mejía como dicen.

JASTON: ¡Ah! 'Pérate... Pa' que depué' no digan.

Jaston se persigna en frente de la puerta de manera exagerada. Se ríen.

NINO: Feliz año nuevo.

JASTON: Si ei '70 entró hace má' de un me'.

NINO: Bueno pero como ya yo casi no te veo...

JASTON: Tú ere' ei que úitimamente me anda juyendo.

NINO: Poique na' ma' vive embullao en esa' vaina' de militare'.

JASTON: ¿Y eso qué tiene que ve'? ¿Le tiene' miedo?

NINO: No. Digo... ¿Debería?

JASTON: Apagáte la música que 'taba tocando. Era la canción, ¿veida'?

NINO: Ni cuenta que me di.

Jaston canta en voz baja:

JASTON:

Sin remedio. Que ya no tengo remedio

Pue ni arrancándome el aima, podré borrai tu pasión...

JASTON: Toma.

Jaston saca un pedazo de papel.

NINO: ¿Y eso?

JASTON: Pan con queso. ¡Ábrelo, hombre de dio'!

Nino abre el papel.

NINO: ¿Ese soy yo?

JASTON: ¿Quién ma' va a sei, bel nonm?

NINO: La hicite a lapiz.

JASTON: Ya no tengo lo' utensilio'.

NINO: Poique dejate la ecuela.

JASTON: Pa' seivir a mi país.

NINO: Tu país.

JASTON: ESTE e' mi país.

NINO: Sí, claro.

JASTON: ¿Te guta?

NINO: Ajá.

JASTON: Todavía no ha' guindao la pintura grande que te hice.

NINO: No quiero que hablen.

JASTON: ¿Y quién va a hablai? ¿El heimanito ese tuyo? Que cierre la bocasa poique 'tan hablando de éi también.

NINO: ¿Cómo así?

JASTON: En eto' mese' lo han vito en la O y M pa' arriba y pa' abajo con un grupito de la UASD.

NINO: Amitade' seguramente... ¿Quiere' un poco 'e café?

JASTON: Será pa' que me lo queme'.

NINO: Ay, no sea relajao. También hay Baiceló. ¿Quiere un chin?

JASTON: ¡Ofrécome! Utede se viven quejando que no tienen dinero pa' comei, echándole la cuipa ai gobieino... ¿Pero si tienen cuaito pa' comprai ron?

NINO: ¿Quiere' un trago o no?

JASTON: Sólo si te toma uno conmigo.

NINO: Tú sabe' que yo no tomo.

JASTON: Un traguito na' ma', bel nonm.

NINO: Deja bucai un chin de hielo.

JASTON: Olvida eso.

NINO: Yo sé que te guta con hielo-

JASTON: Le entramo' duro, hombe. Sin filtro.

Nino prepara los tragos. Estallan fuertes truenos.

JASTON (CONT'D): ¡La crema de noche! Parece que viene una toimenta dei diache por ahí. Abre esa ventana pa' que entre un chin de aire.

NINO: Mejoi la dejamo' cerrá. Toma.

JASTON: ¿Y ei tuyo?

NINO: Aquí.

JASTON: ¿Ese no e' ei vaso 'e tu pai?

NINO: Ju.

JASTON: ¿No dique se lo iba' a dai a Fello?

NINO: Parece que no lo quiere.

JASTON: Vamo'. Tómatelo cui cui. Un, do'- ¡'PÉRATE!

NINO: ¿Qué fue?

JASTON: Mírame a los ojo'.

NINO: ¿Pa' qué?

JASTON: Adio, dicen que si tú no mira' a aiguién directamente a los ojo' en un brindi' va a pasai tiempo laaaigo sin hacei el amoi.

NINO: Ay, Jaston. Tú si habla' vacuencia.

JASTON: Ete que 'tá aquí no 'tá en ese plan. Mírame, coño. ¡Salut!

Se toman los tragos.

NINO: ¡El DIABLAZO! ¡Hata lo' pelo' 'e la boisa se me engrifaron!

JASTON: ¡Sírvano otro ahí!

NINO: Ya yo teiminé.

Nino le sirve otro trago. Comienza a llover fuerte.

JASTON: ¡Oye oye! Qué rico se oye la lluvia cayendo en eso' techo' de zinc, ¿veida'? Ahorita entra ese oloi a pura tierra mojá.

NINO: ¿Qué avipa te picó a ti?

JASTON: ¿Avipa?

NINO: Tú 'tá' rarón.

JASTON: Le dijo la olla ai caidero.

NINO: Yo no soy ei que 'tá hablando ahí dique de tierra mojá y vaina. Te presenta' aquí sin avisai-

JASTON: ¿Y ahora tengo que avisai pa' presentaime?

NINO: Yo te conoco bacalao.

Jaston se lanza el segundo trago.

JASTON: Ei grupito ese de la UASD tiene otro piquete grande pendiente en la capitai. Dímele a Fello que mejoi no se presente.

NINO: Éi no me ha dicho na' de eso.

JASTON: Ya van vario' mitin' donde tu heimano ha salío ligao y hay cieita' peisonita' que le andan siguiendo el hilo.

NINO: La gente habla mucho.

JASTON: No 'tamo' hablando de gente común y corriente, Nino.

NINO: O sea... ¿caliés?

JASTON: No use' esa palabrita. Son infoimante'.

NINO: Pero si eso eran cosa' de Trujillo, Jaston. 'Tamo' en una democracia. Fello puede protetai si ei quiere.

JASTON: Ahh, entonce' éi si anda metío en vaina'-

NINO: Yo no he dicho eso.

JASTON: Ven acá.

NINO: No empiece'.

JASTON: Que ven acá te dije.

Jaston se desabrocha la camisa.

JASTON (CONT'D): Ei que tenga ete unifoime pueto no cambia absolutamente na'.

Jaston se sienta en el suelo. Le indica a Nino que haga lo mismo.

NINO: Se te va a ensuciai ei traje.

JASTON: To' lo sucio se limpia, bèl nonm.

Jaston le vuelve a indicar que se siente. Nino se rinde.

NINO: Bueno...

JASTON: Cómo e' la vida... Parece que fué ayei que 'tabamo' volando chichigua' junto': "Oooh. Pero miren donde van... ei blanquito bonito con ei prieto feo."

NINO: Yo nunca lo vi así.

JASTON: Y a ti te fascinaba jugai a lo' indio' y a lo' vaquero'. ¿Te acueida?

NINO: Ay ay ay. Eso si e' veida'.

Jaston pretende disparar armas de fuego como un vaquero mientras Nino grita como un indio.

JASTON: ¡AJÁ! ¡TE ENCONTRÉ!

NINO : ¡AGÁRRAME SI PUEDE!

JASTON: ¡TE VOY A AMARRAI CON MI LAZO!

NINO: ¡Y YO TE VOY A TUMBAI CON MI FLECHA!

JASTON: ¡AY, COÑO!

NINO: ¡FUAQUITI!

Se ríen.

JASTON: Tú siempre quería' sei el embromao indio.

NINO: Y a ti siempre te gutaba capturaime.

JASTON: Y amarráte bien apretao.

NINO: Ey ey. Quieto. Oh oh.

JASTON: Deja vei tu mano.

NINO: ¿Pa' qué?

JASTON: Dicen que si uno tiene la M ecrita peifecta en la paima, significa laiga vida.

NINO: Tú parece' que te lleva mucho poi lo que la gente dice.

JASTON: A vei. Anda pal...

NINO: ¿Qué fué?

JASTON: ¡Yo lo que veo aquí e' una X gigante!

NINO: ¡Ay, baboso!

Se ríen.

JASTON (CANTA EN VOZ BAJA)

Sin remedio. Sin ti no tengo remedio.

Y aunque e' veigüenza rogaite a que caime mi doloi...

JASTON Y NINO JUNTOS (EN VOZ ALTA)

Sin remedio, he venido a suplicaite,

y a decite que 'toy loco sin remedio poi tu amoi!

Se ríen.

Nino se recuesta y descansa su cabeza sobre Jaston.

Pausa.

Silencio.

Nino toma un brazo de Jaston. Después el otro. Se abrazan.
Pasan momentos en silencio. Disfrutan de la lluvia que cae con
fuerza contra el techo de zinc.

JASTON: A vece' esa lluvia suena como una orqueta.

NINO: Y a vece' como una ametralladora.

JASTON: Pero aquí 'tamo' protegío.

NINO: Acurrucaíto'... como lo' pichone'.

Pausa.

JASTON: Yo puedo protegei a Fello.

NINO: ¿De veida'?

JASTON: Pero tiene' que decime to'.

NINO: ¿Cómo qué?

JASTON: ¿E' veida' que el anda metío con uno' cubano' por
ahí?

NINO: Eso si yo no sé.

JASTON: Coño, Nino.

NINO: E' que no sé... exaitamente.

JASTON: ¿Cómo que exaitamente?

NINO: Bueno... Él no me ha dicho gran cosa. Mencionó uno' cubano' ahí si...

JASTON: ¿Y?

NINO: Parece que hay un grupo que se 'tá reuniendo pa' hacei aigo. Ay, yo no sé, Jaston. Me da miedo.

JASTON: ¿Qué?

NINO: Que se 'te enredando en jodienda' de comunismo.

JASTON: Ah. Ya.

NINO: ¿Jaston?

JASTON: Dime.

NINO: ¿Tú piensa' que ete gobieino e' pa' nosotro'?

JASTON: ¿Cómo así?

NINO: No má' secreteo y econdedera.

JASTON: Claro.

NINO: ¿Poi qué tu sigue' a Balaguei?

JASTON: ¿Qué pregunta e' esa, muchacho?

NINO: Una pregunta.

JASTON: ¿Tú no ve' to' lo bueno que 'tá haciendo? Contruyendo pista', remodelando la capitai...

NINO: Sí pero a vece' uno enseña una cosa y a econdía 'tá haciendo otra, ¿no cree' tú?

JASTON: Ten cuidao que no se te 'te pegando lo de tu heimano.

NINO: Fello dice que hay terrorímo contra cuaiquiera que se oponga.

JASTON: ¿Y tu 'tá' creyendo to' lo diparate' que dice Fello?

NINO: Yo ya ni sé. No entiendo ni pío de to' ese politiqueo.

JASTON: Ni yo.

NINO: Ajá, ¿y entonce'? ¿Pa' qué te metíte en la' fueiza' aimada'?

JASTON: Hay que creeile a aiguien, Nino. Ei pueblo no se gobieina ei solo. Adema', pagan mucho mejoi que la jodía finca 'e cigarro 'e mieida esa.

NINO: Tú sabe' que ei Trujillo no sopoitaba a lo' haitiano'.

JASTON: ¿Y eso a mí qué me impoita?

NINO: Bueno... Balaguei trabajaba con ei-

JASTON: Yo no soy de ese paisito jediondo y atrazao, ¿tú me oye'? Hace tiempo que tengo mi ciudadanía dominicana. E' má', se 'tá haciendo taide-

NINO: 'Pérate a que baje la lluvia.

JASTON: Déjala que caiga. Un chin de agua no mata ni ai má' feo.

NINO: No te desapareca' por eso' lao, ¿oíte? Hay gente que quiere veite.

JASTON: 'Tá bien.

Pausa.

Casi se dan un beso.

Jaston se dirige hacia la puerta.

NINO: Acueida que prometite velai poi Fello.

JASTON: ¿Cuándo fue que la doñita puso esa paima ahí?

NINO: La puse yo. Depué' que papá murio.

JASTON: Veida'... ¿Cómo e' la cuetion? ¿Uno le pide deseo' y te lo' cumple?

NINO: No se le pide. Se le reza.

JASTON: ¿Y no e' lo mimò?

NINO: No.

JASTON: Esa cosa 'tá seca ya. Bájala de ahí.

NINO: Todavía no.

Jaston se marcha.

Nino se agarra el estómago y se muestra falta de aire.

Se escucha la voz de Dennis quien reaparece entre las sombras.

DENNIS: Pa'... ¡¿PAPI?!

NINO: Búcame la' patilla'.

DENNIS: ¿Qué e' lo que tu 'tá diciendo ahí- ?

NINO: ¡QUE ME BUQUE' LA' JODÍA' PATILLA'!

DENNIS: Yo no sé donde 'tá-

NINO (A BALAGUER): ¿Qué e' lo que uted quiere, ah?

DENNIS: ¿A quién tú le 'tá' hablando?

NINO: ¡Ya deje la econdedera!

Nino cae al suelo.

DENNIS: ¿Pero y qué fue?

NINO: 'Toy sangrando.

DENNIS: ¡¿Te cortate?!

NINO: Poi dentro.

DENNIS: ¡¿Qué?!

NINO: Se me 'tá saliendo.

DENNIS: ¿Yo no veo-

NINO: Llévame pai baño.

DENNIS: Deja llama' a Sergio-

NINO: No.

DENNIS: Él e' que sabe de tu-

NINO: ¡QUÉ NO!

DENNIS: E' que yo no voy a 'tar-

NINO: ¡AYYYYYY!

DENNIS: OH SHIT!

NINO: ¡QUÉ DOLOI, MI DIO'!

DENNIS: I'm sorry, pa'!

NINO: ¡ME 'TÁ MATANDO!

DENNIS: I'm sorry!

NINO: ¡AYYYY! ¡NO AGUANTO ETE DOLOI!

DENNIS: ¡VAMO' VAMO'!

NINO: ¡AYYYY!

Dennis levanta a Nino. Corren hacia el baño.

Un torrencial de truenos y lluvia envuelve el espacio.

Balaguer dirige su atención hacia el público. Sonríe.

Luces.

FIN DEL PRIMER ACTO

SEGUNDO ACTO

Entre fuertes lluvias y truenos los sonidos del alto Manhattan afloran: Ambulancias, sirenas de bomberos, música estallando desde bocinas de carros que pasan, los alegres gritos de niños jugando con una boca de incendio...

Luces.

Dennis está sentado en la orilla de la ventana. Mira hacia afuera y mastica chicle.

Sergio entra mojado y cargando bolsas. Se persigna delante de la palma, pone las cosas en la cocina y se seca con papel de toalla.

SERGIO: Jodía lluvia eta que no para. Dura que 'tá cayendo la condená.

DENNIS: Hace rato q-que te llamé. Te dejé vario' mensaje'.

SERGIO: Sácate el embromao chicle ese de la boca pa' entendete.

Dennis escupe el chicle en dirección hacia Sergio. Este lo empuja y le da un golpe en la cabeza al estilo Nino.

SERGIO (CONT'D): ¡¿Pero qué te pasa a ti?! ¡¿Tú 'tá' loco e'?!

DENNIS: Vete a la m-mierda, men. ¡Le dió algo a papi ahí y yo tuve q-que hace' to'!

SERGIO: ¿Y por eso me ecupe'? Retrazao mental, etúpido, animal. Yo hago eso y má' to' lo' día'.

DENNIS: El q-que tenía que 'tar aquí era' tú.

SERGIO: Pue acotúmbrate, oíte, porque ya yo no voy a 'tá. ¿Dónde lo dejate?

DENNIS: En la calle lo deje tirao... ¿D-Dónde má' lo voy a dejá, Sergio? Recotao en su cama. ¿Pa' dónde era que tú 'andaba'?

SERGIO: Comprándole la vaina que quería.

DENNIS: Pa' otro planeta fue que te fuite, parece.

SERGIO: Mira Denni hame el favor, ¿oíte?

DENNIS: La cara que puso...

SERGIO: ¿Cara de qué?

DENNIS: Sangró mucho. Hata caca le salió ahí.

SERGIO: E' que... Tiene una masa quística en el etómago.

DENNIS: Coño, Sergio. Háblame en epañol, men.

SERGIO: Un tumor.

DENNIS: Oh shit... ¿Él lo sabe?

SERGIO: No lo grande que 'tá.

DENNIS: Damn...

SERGIO: Vamo pal hopital mañana pa' ve' si se lo sacan.

DENNIS: ¿Un tumor?

SERGIO: 'Tá complicada la jodienda. Él 'tá débil y no saben cuando va a salir de ahí.

DENNIS: ¿Papi se va a morí?

SERGIO: Ay, Denni'. No sea' tan apavientoso.

DENNIS: ¿P-Pero e' qué a ti no te importa, loco? ¿Sabiendo to' eso y t-todavía 'tá' en plan de irte?

SERGIO: ¿Quién e' que ha 'tado aquí to' el tiempo?

DENNIS: 'Tá bien pero-

SERGIO: Ven conmigo mañana.

DENNIS: ¿A qué?

SERGIO: Con lo' do' ahí va a ser má' fácil convencelo que firme lo' papele' pa' que le hagan la operación. Así te va' acotumbrando a to' lo que hay que hacé.

DENNIS: A ti c-como que se te aflojaron do' o tre' tornillo'.

SERGIO: To' el tiempo que papi ha 'tado enfermo tú na' má' te la ha' pasao hangiando en la calle.

DENNIS: ¿Y eso quiere decir que no 'toy ayudando? ¿P-Porque no 'toy aquí l-limpiándole la nalga to' lo' día'?

SERGIO: Vaya' o no vaya' pal hopital el que va a tener que encargarse de él va' a ser tú.

DENNIS: ¿Por qué mejor no te queda'? Así lo ayudamo' lo' do'.

SERGIO: Si no lo hicite ante'...

DENNIS: Pue lo hago ahora, entonce'.

SERGIO: Ajá, ok. Ya lo va' a hace'.

DENNIS: En serio.

SERGIO: Olvídalo, hombe. Total... Como quien dice ya él ni quiere que lo ayuden así que-

DENNIS: ¿Cómo así?

SERGIO: Uno le dice la' cosa' y él na' má' to' el tiempo atacando y atacando. Su cuerpo 'tará vivo pero pa' mi que él se murió hace tiempo.

DENNIS: Yo, bro. No diga eso.

SERGIO: E' que no hay na' ahí, Denni'. Un hueco na' ma'. ¿Pa' que me voy a quedá yo aguantándole su mierda?

DENNIS: ¿Entonce' me lo va' a zumbá a mi?

SERGIO: Bueno... Julio César dique se graduó de la universida'. A lo mejor-

DENNIS: ¿Quién?

SERGIO: El hermano 'e nosotro'.

DENNIS: ¿Y a mí qué m-me importa ese bolsú?

SERGIO: Pa' que hablemo' con él.

DENNIS: ¿De qué?

SERGIO: A ve' si regresa a la ciudad. Pa' que te ayude con papi.

DENNIS: Tú 'tá' requete frito, men. Ese tipo se fue p-pa' la universida y hizo l-lo que le dió la gana. Ante' venía, ¿cuándo? ¿Lo' fine' de semana? Si acaso. Ahora ni-ni se asoma por aquí. Él e' un m-medio hermano, loco. To' lo-lo que hace por nosotro' lo hace por mitad.
SERGIO: Pue ven conmigo mañana.

DENNIS: I don't think so.

SERGIO: Entonce' deja el teo teo ese tuyo. Consíguete un trabajo y lárgate.

DENNIS: Ve tú a ve'.... D-Difícil conseguí algo bueno sin diploma.

SERGIO: ¿Tú ante' no quería se' dique mecánico?

DENNIS: Pa' eso hay que etudiá también.

SERGIO: Ven acá, ¿qué e' lo que tú piensa' hacé? Hangiá en el bloque el reto 'e tu vida?

DENNIS: Que se yo... 'Trabancao e' que 'toy, Sergio.

SERGIO: Bruto y haragán será.

DENNIS: Me-Me-Me 'trabanco. Como un jodío carro. Se m-me prenden la' idea' en la cabeza y le meto llave pero no-no me da' pa' 'lante, loco.

SERGIO: Pue... ya que 'tá' 'trabancao quédate y cuida a papi.

DENNIS: ¡Que no puedo, men!

SERGIO: ¿No puede' o no quiere'?

Pausa.

SERGIO (CONT'D): Déja seguí empacando-

DENNIS: En m-mi vida lo había vito así. P-Papi era un tronco, mano. Ahora se le ve el dolor por encimita.

Dennis saca un cigarrillo de marijuana y lo enciende.

SERGIO: ¿Qué tú hace'?

DENNIS: Un poquito 'e jále. Pa' hablandá la' habichuela.

SERGIO: Papi 'tá en el otro cuarto.

DENNIS: ¿Y eso qué tiene? Tú fuite el que m-me enseñate a enrollalo así que n-no te haga' el pendejo.

SERGIO: ¿Tú no va' pa' donde el oficial ese la semana que viene?

DENNIS: Eso e' facilón sacálo del sitema, men. Toma. Jálate un chin.

SERGIO: No.

DENNIS: P-Pa' bajá la bulla.

SERGIO: Que no.

DENNIS: E' tu último día. Te va' mañana ya.

SERGIO: Pero utede' 'tan como si yo me 'tuviera mudando pa' otro país. Na' ma' me voy pal Bronx.

DENNIS: Bueno, pal que vive en Manhattan eso e' otro continente.

SERGIO: Oye al otro.

DENNIS: Fúmate un chin conmigo. Un p-poquititico na' ma'. Come on. Please, manito.

Pausa.

SERGIO: Pasa.

DENNIS: Aww, yeah!

SERGIO: ¡Baja la vo'!

Durante los siguientes momentos toman turnos fumando. Poco a poco van sintiendo el efecto.

DENNIS: Yo bro, ¿te acuerda' c-cuando hacíamo' loquera'? Como cuando tratamo' de prendé la Biblia de abuela en fuego con uno' fófoto'...

SERGIO: No me acuerdo.

DENNIS: ¡Esa-Esa vaina no se encendía, loco! A la abuela casi le da un yeyo.

SERGIO: Depué' te cayó detrá' corriendo pa' arriba y pa' abajo por to' el apartamento dándote cuerazo' con una longaniza.

DENNIS: ¡Ahhh! ¡Tú sí te acuerda'! ¡N-No te haga'!

SERGIO: -¡Eres el diablo, Muchacho!- ¡Fuaquiti!
DENNIS: -¡Pa' fuera Lucifer!- ¡Fuaquiti!

SERGIO: Un maRdito vajo a longaniza por to' la casa.

Los dos se ríen.

DENNIS: Tú 'taba' rojo como un tomate de la risa, men.

SERGIO: No, y que depué' empezó a tirate dique la dichosa agua de florida esa.

DENNIS: C-Como si el agua de Miami va a epantar a lo' demonio'.

SERGIO: ¡Eso no e' agua de Miami, inútil! E' como agua bendita.

DENNIS: Ooooh. Really?

Pausa.

Explotan de la risa.

DENNIS (CONT'D): ¿Te acuerda' c-cuando no' quedábamo' hata la madrugá viendo to' eso' cho de plebe' en el cable?

SERGIO: ¡El canal J, loco! ¡Midnight Blue y El Show De Robyn Bird!

DENNIS: ¡Teta' y culo' por to' lo' lao! Y tú siempre m-mandándome a vigilá en el hall pa' que papi o mami no no' catcharan. -¡Ahí v-v-v-vienen! ¡Juye! ¡C-C-Cambialo! ¡C-C-Cambialo!-

SERGIO: ¡Con esa gagera tuya de aquí a que tú terminaba' con lo que iba' a decí no' catchaban!

Se mueren de la risa. Dennis se dirige hacia el radio.

DENNIS: E' má'... Vamo' a armá' un fogaraté aquí.

Dennis enciende la radio. Toca un merengue rápido clásico de los años '80 (por ejemplo El Motor de Aramis Camilo).

DENNIS (CONT'D): ¡EPA!

SERGIO: Deja que papi se levante. A bimbaso limpio te va a cae'.

DENNIS: ¡Qué maldita nota punto com! Ven. Vamo' a hace' c-como lo' bailarine' eso' de banda.

SERGIO: ¿Qué e' lo que tú 'tá' inventando ahí?

DENNIS: Así e' que bailan mira... ¡Wepa!

Con sus manos y pies Dennis hace típica coreografía cliché y exagerada de bandas merengueras. Sergio se muere de la risa.

SERGIO: Atronao ete...

DENNIS: Ven pa' acá, ven.

Sergio se une a Dennis. Los dos bailan medio sincronizados.

DENNIS (CONT'D): Okay. Depasito... Depasito... ¡RÁPIDO! ¡Sum sum súbelo pa' atrá! ¡Con fuerza! ¡Las chicas... del CAN!

Sergio explota de la risa.

SERGIO: Oh shit... ¡Eso sí 'tá uva!

DENNIS: 'Pérate...

Dennis le sube el volumen

SERGIO: Baja eso.

DENNIS: ¡Shhh! Cállese. Esa e' la m-música de nuetra gente, manito. Lo único que hace falta e' una de esa' jevita' buenota' q-que tenga una batidora pero así de grande.

SERGIO: Con uno de eso' jean bien apretao.

DENNIS: ¡De eso' que son levanta fuiche!

SERGIO: ¿Cómo eran lo' que mami usaba?

DENNIS/SERGIO: ¡Lo' Jou Jou Jeans!

SERGIO: ¡JEVI, MEN! Pa' bailalo juntico y pegao.

DENNIS: Durito así, mira... Um um um um... ¡Fuaquiti fuaquiti y requete fuaquiti!

SERGIO: ¡Ahí na' ma'!

DENNIS: ¿C-Cómo e' la vaina esa que hacen lo' tigere' del patio con la jeva?

SERGIO: ¿De qué tú habla'?

DENNIS: La cosa esa d-donde se encaraman y dan vuelta'-

SERGIO: ¡AH! ¡Tú dice el baile de la botella!

DENNIS: ¡ÉCOLE CUÁ!

Dennis agarra la botella de Barceló.

SERGIO: Ten cuidao, tú.

DENNIS: Coño, Sergio. Sácate ese palo del culo ya, tigere.

Dennis coloca la botella en el centro. Baila por unos momentos dando vueltas al rededor de la botella; entregándole todo su enfoque. Como si estuviese seduciéndola.

SERGIO: ¡Weeepa!

DENNIS: ¡DEGRACIA! E' a ti que te 'toy hablando. ¡Me-Me partite el corazón en siete p-pero todavía me calientas de arriba a abajo! ¡ASESINA 'E RIPIO!

SERGIO: ¡DIQUE ASESINA 'E RIPIO!

DENNIS: Ayúdame, ven...

SERGIO: Cuidao si le rompe esa vaina a papi.

Dennis se encarama en el tope de la botella. Sergio lo ayuda. Dan varias vueltas.

DENNIS: ¡EY! ¡EY! ¡EY! ¡EY! ¡WEPA! ¡AYYYYYYYYY COOOOOOOOOOOÑOOOOOO!

Los dos caen al suelo muertos de la risa.

SERGIO: ¡Oh shit! ¡Me meo!

DENNIS: 'Pérate...

Dennis baja la música y grita por la ventana.

DENNIS (CONT'D): ¡YUBELKYS! ¡EPA, YUBI! Diablo, mamisss... 'Tá' tan buena que te como con ropa y to'. ¡Aunque pase un me' cagando trapo'!

Se mueren de la risa.

DENNIS (CONT'D): Tírale una tú, ven.

SERGIO: Mire. Seré yo chulo de equina.

DENNIS: ¡EPA, YUBI! ¡QUE DICE SERGIO Q-QUE SI ASÍ E' EL INFIERNO Q-QUE SE LO LLEVE ER MIMÍSIMO DIABLO!

SERGIO: ¡Degracimao! ¡Salte de ahí!

Sergio jala a Dennis para adentro y apaga la música. Los dos se mueren de la risa.

DENNIS: Ay, Sergio... Cuánto tiempo, mano.

SERGIO: Loco 'er diablo.

DENNIS: Deja tu allante q-que a tí te guta tú cancito. Pa' allá arriba tu no va' a encontrá na' de eto no.

SERGIO: Quien sabe...

DENNIS: I don't think so, bro.

Dennis mira por la ventana.

DENNIS (CONT'D): Check it out... En ese palo 'e lu' l-lo' tigere' 'e nosotro 'tan enganchando el canáto 'e basketball que hicimo' los otro día'... Y mira ahí: el grupo 'e jevita' f-figureando encima 'e lo' carro': una libra 'e colorete en lo' cachete', otra l-libra 'e pinta labio' en la bemba y su pantalone' de licra bien apretao. Ahí 'tá Trina: La que vende to' esa' m-mexicanada' pirata' dique de Vicente Fernande', lo' Hermano' Almada y Libertad Lamarque. Y mira: lo' locale' de jugá bolita difrazao de tienda' electrónica'... Washington Height, tigere. Dominicanlandia punto com. Lo' m-muchacho' del bloque sabemo' a quién se papiaron, quién arretaron y quién 'tá preñá. To' el m-mundazo se ha ido: Julio César, mami... Hata papi ni-ni siquiera 'tá aquí, como tú dice'. ¿Lo' tigere' 'e nosotro'? Ahí 'tan. Le vale madre si hicimo' algo así o asao. Siempre con un -¡Dímelo, tigere!- O un -¿Qué lo qué?- Das wassup, bro. Ete que 'tá aquí da su vida por eso' hijo' 'e puta ahí afuera. 'Trabancao p-p-pero seguro.

Pausa.

SERGIO (REFIRIéNDOSE AL CIGARRILLO): Toma. Termínalo.

Sergio recoge un poco.

DENNIS: Papi m-me dijo que tú 'tá' pintando otra ve'.

SERGIO: Yo no.

DENNIS: Tú era' un matatán con tu' dibujo', men. Ádio, hata en un m-museo podía 'tár la' vaina' tuya'.

SERGIO: Dique museo. Hazme el favor.

DENNIS: M-Mejor que esa cosa que 'tá ahí guindando.

SERGIO: Diparate' e' lo que yo pinto, Denni'. O mejor dicho, pintaba.

Dennis se dirige hacia la pintura.

DENNIS: A mami nunca le gutó esa cosa.

SERGIO: Ayúdame a recogé un chin.

DENNIS: Apueto que tú p-puede' pintar algo mejor.

SERGIO: Óyeme, si te toma' un litro 'e soda no deje' la botella zumbá en el piso. No sea' tan aqueroso.

DENNIS: ¿C-Cuanta' vece' le preguntó ella a papi de esa cuetión y nunca le decía?

SERGIO: Bota eso.

DENNIS: Exactamente.

Dennis agarra la pintura y camina hacia la ventana.

SERGIO: ¿Qué tú 'tá' haciendo? Pon eso pa' 'trá.

DENNIS: ¡BOMBA!

Dennis tira la pintura por la ventana.

SERGIO: ¡HIJO 'E LA SEMILLA! ¡¿PERO TÚ TE 'TÁ'
VOLVIENDO LOCO, E'?!

Nino entra. Balaguer le sigue detrás.

*Dennis tira el cigarrillo por la ventana. Sergio corre y remueve
la botella de ron.*

NINO: ¿Qué voceadera e' que utede' tienen ahí, ah? Eso e'
lo que aprenden utede' hangiando con to' eso' prieto' en la
calle.

DENNIS: ¡DÍMELO, PAPACHÍSIMO!

NINO: Baja ei galillo.

DENNIS: ¿Depertamo' a mi cochita linda y pechocha? Ay,
Jechu-

NINO: Quítate.

DENNIS: ¿'Taba' mimiendo? P-Pero hay que dejá a mi
papuchi que mima, dio' mío-

Dennis intenta abrazar a Nino.

NINO: ¡Qué te heche' pa' allá! No me sobe' tanto que no
soy pan.

DENNIS: D-Dándole un cariñito a mi papi sabrochón.

NINO: ¿Papi sabrochón? Sigue ahí que te voy a dai tu papi sabrochón.

DENNIS: Dame veinte peso'.

NINO: ¡Veinte patá por ei culo e' lo que te voy a dai yo a tí!

Se vuelve a escuchar una música fuerte (hip hop) retumbando desde la calle.

NINO (CONT'D): Coño pero...

SERGIO: Deja eso, pa'.

Nino se asoma por la ventana.

NINO: ¡BAJEN ESA CONDENA' MÚSICA, COÑAZO, QUE ETO NO E' PUIPERÍA 'E CUERO'!

SERGIO: Salte de ahí.

NINO: Ven acá... ¿Y ese vajo a zorrillo?

DENNIS: De afuera seguro.

NINO: Cuidao si tú 'tá' fumando la cosa esa en mi casa.

DENNIS: Jamás, padre mío. L-Lo juro por esa palma seca que 'tá ahí.

NINO: Hm. ¿Dónde 'tá lo que te mandé a comprai, tú?

SERGIO: Lo puse en la cocina con el recibo.

NINO: ¿Y ei cambio?
SERGIO: Toma.

NINO: ¿Agarráte la caja roja 'e Maiboro?

SERGIO: Ajá.

NINO: ¿Me jugate lo' número' con Yubeiki?

SERGIO: Que sí.

Pausa.

NINO: ¿Y la pintura que 'taba ahí?

Pausa.

DENNIS: Yo la quité... Pa' limpiá.

NINO: ¿Tú? ¿Limpiando?

DENNIS: Ah pue. El sucio no dicrimina, pa'.

NINO: ¿Dónde 'tá?

DENNIS: ¿El sucio?

NINO: La pintura, niño.

DENNIS: Que no me diga' niño.

SERGIO: 'Tá en el c-cuarto 'e nosotro.

NINO: Ponla pa' 'trá.

SERGIO: Depué' que limpiemo'.

NINO: Ahora.

DENNIS: ¿Pero cuál e' el apuro?

NINO: ¿Tú le hicite aigo?

DENNIS: Oh my God. Ahora p-parece que 'tá sordo.

Nino agarra el brazo de Dennis con fuerza.

NINO: Tú na' má' siempre pendiente a lo tuyo.

DENNIS: ¿Ete 'tá montao, e'?

SERGIO: Vamo' a recotate, pa'.

NINO: ¡Búcame mi pintura!

DENNIS: Loco, ¿pero qué te pasa a tí? Suelta...

NINO: Tú ere' un depeidicio.

DENNIS: Y tú 'tá' enfermo.

NINO: ¡DEGRACIAO!

Nino golpea a Dennis. Dennis agarra a Nino y lo estalla contra la pared.

SERGIO: ¡SUÉLTALO!

DENNIS: ¡¿TÚ QUIERE' SER EL GRAN MACHITO?! ¡VEN!

SERGIO: ¡QUÉ LO SUELTE'!

Dennis suelta a Nino y empuja a Sergio.

DENNIS: ¡POR ESO E' Q-QUE MAMI TE DEJÓ! ¡POR MANIATICO QUE ERE'!

NINO: MAI NACÍO-

DENNIS: ¡BUENA FUE ELLA QUE TE AGUANTÓ POR TANTO TIEMPO!

NINO: ¿BUENA? ¿Y LO DEJÓ ZUMBAO COMO LO' ANIMALE'?

SERGIO: ¡YA, PA'!

NINO: ¡MEJOI SE HUBIERAN LAIGAO CON ELLA! ¡FAVOI QUE ME HUBIERAN HECHO, CARAJO!

DENNIS: ¡PUE MIRA QUE HUBIERA SIDO MEJOR!

NINO: ¿OH SÍ? ¡MIRA A VEI SI LA PENDEJA ESA LE VA A DAI LO' ABRIGO' DEPOITIVO'! ¡LO' TENNI' DE

MAICA! ¡TO' ESA MIEIDA ELECTRÓNICA! ¡TO' LE DI YO A UTEDE' Y A ESA ASAROSA!

DENNIS: ¡NO LA LLAME' ESO!

NINO: ¡ESO E' LO QUE E'! ¡UNA ASAROSA! ¡UNA PERRA! ¡HIJA DE SU MAIDITA MADRE!

Dennis trata de lanzarse pero Sergio se interpone.

SERGIO: ¡'TATE QUIETO, DENNIS!

NINO: ¡NI UN BRASIEI LE FAITÓ! ¡HATA LA FAMILIA ENTERITA SE LA TRAJE DEI JODÍO CAMPO 'EI DIACHE ESE!

SERGIO: YA CÁLLATE, PA'-

NINO: ¡FAJAO LIMPIANDO DÍA Y NOCHE EN ESE DEGRACIMAO BUILDIN'! COÑO, ¿PA' QUÉ? ¡BAISA 'E MALAGRADECÍO'! ¡LÁIGENSE DE MI CASA, CARAJO! ¡ANDA! ¡VÁYENSE DONDE LA COME MIEIDA ESA! ¡PA' FUERA!

Nino empuja a Dennis. Este lo agarra por el cuello.

DENNIS: ¡VIEJO MORIBUNDO!

Sergio los separa.

SERGIO: ¡YA, COÑAZO!

NINO: ¿QUÉ? ¿TU ME VA' A MATAI A MI? ¿TÚ?

DENNIS: ¡YO N-NO TENGO QUE MATÁTE! ¡ESO LO VAN A HACE' EN EL HOPITAL!

SERGIO: ¡DENNIS!

DENNIS: ¿NO TE HAN DICHO QUE TE VAN A RAJÁ? ¡DE PIE A CABEZA!

SERGIO: ¡CÁLLATE!

DENNIS: ¡TÚ 'TA' ENFERMO!

SERGIO: ¡QUÉ TE CALLE'!

DENNIS: ¡'TÁ' ENFERMO Y TE VA' A MORÍ!

NINO: ¡MAIDICIÓN!

Nino se lanza encima de Dennis.

NINO (CONT'D): ¡DEVUÉIVEME MI PINTURA!

DENNIS: ¡QUÍTAMELO DE ENCIMA!

NINO: ¡DEVUÉIVEMELA!

DENNIS: ¡COÑO, QUE ME SUELTE'!

Dennis le da un fuerte empujón. Nino estalla contra el suelo.

NINO: ¡AYYYY, DIOOOO'!

Sergio empuja a Dennis el cual le devuelve la empujada.

SERGIO: ¡¿PERO E' DE REMATE QUE TÚ 'TÁ'?!

DENNIS: ¡YO, DON'T BE FUCKIN' PUSHING ME!

SERGIO: WHATCHU GONNA DO?

DENNIS: Get outta my face...

SERGIO: WHAT?!

DENNIS: GET OUTTA MY FUCKIN' FACE!

NINO: ¡BUQUEN MI PINTURA!

DENNIS: ¿CUÁL E' EL AFÁN CON ESA FOCKEEN PINTURA?

NINO: ¡E' MI CRU'!

Pausa.

Silencio.

SERGIO: ¿De qué cru' e' que tu 'tá' hablando?

NINO: ¡E' MI CRU'! ¡MÍA, COÑO! ¡MÍA! La caigo yo.

Aurelio entra disparado y agarra una bolsa de ropa. Estamos devuelta al año 1970.

AURELIO: ¿Tú hablaste con alguien?

NINO: ¡Muchacho! Mira como anda to' enchumbao de agua. Ayei no fuite pai coimado. Mamá 'tá vueita loca.

AURELIO: ¿Qué si hablaste con alguien de lo que te dije hace un tiempo? Lo de Cuba.

NINO: Bueno, Jaston pasó por aquí pero...

AURELIO: ¿Yo no te dije a ti que tuvieras cuidado con ese pariguayo?

NINO: ¿Y esa ropa?

AURELIO: Dile a mamá que 'toy bien.

NINO: ¿Tú va pa' un piquete con esa gente de la UASD?

AURELIO: No te preocupe'.

NINO: Jaston dijo que no te presentara en ese sitio.

AURELIO: ¿Y a mí qué carajo me importa lo que diga ese Haitiano aqueroso? Queriendo mandar en país ajeno.

NINO: No hable' así, Fello.

AURELIO: ¿Qué tú quieres? ¿Que me quede aquí parado como un Juan Bobo? ¿Sin hacer nada? ¿Como tú? ¿Sabes en que rumbo anda el Balaguer ahora? ¡El continuismo! Automáticamente re-elegido. ¿No te suena familiar?

NINO: Pero no como ei Trujillo. Ei dijo que 'taba en contra de eso.

AURELIO: La verdad e' que ete paisito si tiene cojone, coño... Lo botamos a patadas y ni cinco años pasan y dejamos que vuelva a seguir gobernando. Como si na'. Te digo a ti... El problema no es el gobierno. El problema somos nosotros.

NINO: ¿Qué e' lo que tú 'tá' hablando-

AURELIO: ¡Ay ya, hombe! Que van a saber ustedes. Balsa de analfabetos-

NINO: ¡Fello!

AURELIO: Tragándose todo lo que le vomitan.

NINO: Eperate-

AURELIO: No' vemo'-

NINO: ¡Mamá quiere mandano' pa' Nueva Yoi! 'Tá invetigando lo de la visa.

AURELIO: ¿Y quién diablo le dijo a ella que yo me quiero ir a esa pocilga?

NINO: No quiere que te pase lo mimo que a papá.
AURELIO: ¡A papá lo mataron por borracho y pendejo!

NINO: Quiere que no' vayamo' rápido.

AURELIO: ¿A ganar bajo sueldo y a trabajar como los perros en un país que no es ni el nuestro?

NINO: Na' má' por un tiempo-

AURELIO: ¡¿TÚ NO ENTIENDES?!

NINO: ¡Baja la vo'!

AURELIO: ¡No me voy con esos yanquis hijos de puta!

NINO: Mientra' se caiman la' cosa'-

AURELIO: ¡YO SOY LA COSA, NINO! ¡Y YO NO QUIERO QUE SE CALMEN! ¿TÚ SABE' LO QUE SIGNIFICA LA PALABRA CIBAO EN TAINO? LUGAR DONDE ABUNDAN LAS ROCAS. ¡ETE QUE TÚ VE AQUÍ E' UNA ROCA, COÑO! ¡Y DE LA MÁ' GRANDE! ¡QUIERO DAR GOLPES FUERTES CON MIS PROPIOS PIES! ¡QUE TIEMBLE LA TIERRA, CARAJO! ¡QUE SE LOS TRAGUE A TODITOS DE UN SOLO BOCAO!

NINO: Vamono' junto'-

AURELIO: APENAS ESTAMOS COMENZANDO-

NINO: Si no pa' Nueva Yoi, pa' Pueito Rico o pa' otro lao-

AURELIO: EL FUTURO ES NUESTRO SI EL PRESENTE ES DE LUCHA-

NINO: ¡NO E' TU LUCHA!

Pausa.

AURELIO: Cuídame a la vieja.

Aurelio abraza a Nino y se marcha.

Balaguer se acerca.

NINO: Dicen que depué que mataron a Fello le sacaron la lengua y los ojo' y tiraron su cueipo a lo' tiburone' en ei malecón. Yo fui pa' ese sitio como cuchucienta' vece' depué que ei murió. A vece' las ola' subían 'tan pa' arriba que yo veía lo' pecao y tiburone' pegando fueite contra la' piedra'. Yo na' má' pedía que cuaiquei paite de su cueipo pegara en una de esa' piedra'. Un brazo. Una mano. Un pie. Pa' así tenei con qué identificailo, ¿uted ve? Dale su buen entierrito. Milagro fue que no' dejaron haceile misa. Eso si, nada de funerale' ni gritadera'. Si ello' veían que uno lloraba de una ve' pensaban que 'taba en complo' con ei y pa' la caicel to' ei mundazo. Cuando llorábamo', prendíamo' ei radio a to' lo que da. En la vecindá pensaban que 'tabamo' fietando, fijese. Pero lo' merengue' y la' bachata' lo que hacían era que ahogaban lo' llanto'.

BALAGUER: Las dictaduras del corazón son... distracciones para el hombre. Han confundido y destruido desde los más grandes poetas a viriles generales y, más que nada, a los más simples de provincianos.

NINO: ¿Y la política? ¿No ha hecho lo mimo?

Jaston aparece entre las sombras.

Juan López, 1970. Temprano en la noche.

JASTON: Eta mañana.

NINO: ¿Dónde?

JASTON: En la manifetación.

NINO: ¿Quién le habló de Fello?

JASTON: A utede' le van a hacei pregunta pero no se lo van a llevai preso.

NINO: ¿Cómo lo mataron?

JASTON: ¿Tú me 'tá' ecuchando?

NINO: ¿Qué cómo lo mataron?

JASTON: Se puso con ei grupito ese de la UASD. Privando en gallito. Tuvieron que... Bueno, hubieron muchísimo' tiro' y vaina.

NINO: ¿Tú diparáte?

JASTON: Yo me defendí.

NINO: Ay, mi Dio'...
JASTON: ¿Qué tú quería'? ¿Que me dejara matai?

NINO: ¿Éi te vió?

JASTON: ¿Ah?

NINO: ¿Te vió la cara?

JASTON: Sí.

NINO: Entonce' tú 'taba' ceica.

JASTON: Óyeme bien... No pueden vei ei cueipo hata que teiminen con la invetigación.

NINO: ¿Dónde pegaron tus balas?

JASTON: Ya te dije que-

NINO: ¡LAS TUYAS, JASTON! ¿DÓNDE PEGARON LAS TUYAS?

JASTON: En la cabeza.

NINO: Ay, mi Dio'...

JASTON: Utede' no me hicieron caso-

NINO: Ese día, cuando te tomate ei ron conmigo... ¿tú vinite a veime a mí fue? ¿O a privai en calié? ¿Ah? ¿A sacai infoimación?

JASTON: Yo puse mi palabra que utede' no sabían na'. ¿Sabe poi qué? ¡Poi tí!

NINO: ¿Y e' que tú quiere' mi agradecimiento, e'?

JASTON: ¡ÉI FUE QUIEN SE METIÓ EN ESE LÍO! ¡NO YO!

NINO: ¿Y ete lío que 'tá aquí? ¿Quién se metió? ¿Qué pasa si yo voy y le cuento a ese clan de asesino-

Jaston agarra a Nino con fuerza.

JASTON: ¡MIRA, BUEN DEGRACIAO! HATA AHÍ LLEGÁTE, ¿TÚ ME OYE?

NINO: ¡DÉJAME, COÑO!

JASTON: ¡A MÍ SÍ QUE TÚ NO ME VA' A JODEI!

NINO: ¡NEGRO MARICÓN!

Nino empuja a Jaston y este lo ataca con fuerza bruta, tirándolo contra una pared.

JASTON: ¿QUÉ E' LO QUE TÚ TE CREE'? ¡CAMPESINO IGNORANTE! ¡E' CON UN MACHO QUE TÚ 'TÁ' HABLANDO AQUÍ, CARAJO! ¡UN TENIENTE 'E PRIMERA! ¡NO LE AGUANTO YO ESA MIEIDA A ESO' HIJO' 'E PUTA AHÍ AFUERA CONTIMÁ A TI!

NINO: Ay, Jaston... ¡LA GENTE NO SE 'TÁ IENDO DEI PAÍ POI NECESIDA'! ¡E' ASCO! ¡SABE RANCIA LA TIERRA AQUÍ!

JASTON: ¡PUE QUE SE LAIGEN, ENTONCE! ¡BAISA 'E MALAGRADECÍO!

NINO: ¿QUÉ LE VOY A DECI' YO A MAMÁ AHORA, AH? ¡DIME TÚ A MÍ!

JASTON: Mira, tú no 'tá' en plan de ecuchai. Depué' yo paso-

NINO: Aquí uted no me pisa má' nunca en su puta vida poique entonce' sí que, o me cae a tiro, o no' revoicamo' como lo' perro' hata que uno de lo' do' muera desangrao.

Pausa.

JASTON: Van a ponei un carro en frente poi un tiempo. Van a dejai lo' faro' iluminando la casa to' la noche. Se me acuetan temprano. Siempre vetío y lito pa' salí juyendo. Nada de gritadera'. Nada de funerale' ni rezo'. E' má', pongan música. Pongan la radio. Bailen. Como si nada hubiera pasado.

NINO: ¿Sabe' lo que voy a hacei con la pintura esa grande que me regalate? ¿La que 'tá guaidá? La voy a guindai. Aquí y en toíta la' parede' que viva. La voy a caigai, coño. Como una cru'.

Jaston se dirige hacia la puerta.

JASTON: Quita esa paima de ahí. Ni encaigo' le quedan ya.

Jaston desaparece entre las sombras.

Nino se dirige hacia Sergio y Dennis.

NINO: Esa pintura que 'taba ahí... me la regaló Jaston. Ei siempre quiso que la guindara. Pa' que to' ei mundo viera. Yo la econdía. Y muy bien. A la pintura... y a Jaston.

Pausa.

SERGIO: Jaston? ¿Quién e' Jaston?

NINO: Un hombre.

SERGIO: ¿Que hombre?

NINO: El único que amé.

Pausa.

DENNIS: Pa'... ¿Qué e' lo que tu dice'?

NINO: Ya no aguanto.

DENNIS: ¿Tú tuvite con...? 'Perate. Eperate un momento.

NINO: Me 'tá matando.

DENNIS: ¿Entonce' tu ere'...?

NINO: Eso e' lo que se hace allá, ¿tu ve'? To' lo que no se entiende... Se econde. No se dice. Se entierra. En un hoyo hondo. Hata que no aguante ei doloi.

DENNIS: Pero... ¿y mami? ¿Y l-la mamá de Julio César?

Silencio.

SERGIO: ¿Y nosotro'? ¿Ah?

NINO: Utede'... Utede' son mis hijo.

SERGIO: ¿Oh si? Mucha' la' vece' que se te olvida.

NINO: E' que se me enreda to' en eta cabeza-

SERGIO: ¡PUE DESENRÉDALO! ¡DESENRÉDALO EN ESA MALDITA CABEZA TUYA! ¿QUE COÑO E' LO QUE TU ERE'? ¡DINO'! HABLA! ¿QUE PEDAZO DE MIERDA E' LO QUE TU ERE'? ¡ME CAGO EN NA'!

Sergio se marcha al cuarto.

Pausa.

DENNIS: Yo no- Pero digo... Fuck. Okay. Um... Okay. Yeah.

Dennis se marcha.

Pausa.
Pasan unos momentos en silencio.

Balaguer se acerca.

NINO: Tanto desoiden.

BALAGUER: Todo lo sucio se limpia.

NINO: La veida' que eso' lente' que uted lleva pueto no son pa' mirai mejoi. Son binoculare'. Enfocan y desenfocan a su conveniencia.

BALAGUER: ¿Ve su reflejo en ellos?

NINO: Yo no soy como uted.

BALAGUER: Mírelos bien.

NINO: Treinta y pico de año' como la mano derecha dei Trujillo. Ecribiendo y corrigiendo dicuisito' pa' que ese dictadoi se lo vomitara ai pueblo. Veinte año' má' con su boca llena 'e democracia en frente 'e la casa, promesa 'e futuro en la sala y en ei patio un río 'e miedo y mueite llevándoselo a uno con to' y raíz. ¡Utede' na" má' viven casao con su maidita política! ¡Lo' demá' que se vayan pai carajo! Que si PRD, PRSC, MPD... ¡Tanta' degracimá' letra' pero mucho' má' mueito'! ¡Y lo' que se quedan enterrao somo lo' vivo'! Ei lechero, ei limpia bota, ei granjero.... Ninguno entendemo' esa vaina.

BALAGUER: No se puede confundir la ineptitud con la ceguera diplomática. La presencia de los buenos entre los malos o entre los peores, es necesaria para evitar que el daño que éstos realizan se haga muchas veces.

Pausa.

Dennis entra mojado y con pintura en mano. Está vuelta un desastre. Coloca la pintura en una mesa y toma un paso hacia atrás.

Silencio.

Pausa.

Sergio sale del cuarto.

Pausa.

NINO: ...Ese embarre 'e veide era un paisaje de valle' y roca'. En eso conuco se encaramaba Jaston a tumbai coco y guanábana... Rápido que era ei condenao. Como lo' alagaito'. Yo corría pa' arriba y pa' abajo de equina a equina pegando grito' y agarrando to' lo que ei me tirara: ¡Epérate muchacho que no te aicanzo! Depué' no' íbamo' a volai chichigua... ei siempre quería en la mañanita poique: Hay má' viento, bél nonm, ¿tú ve'? Así duramo' tiempo laaaigo volando en la' nube'. En la taide jugábamo' a lo' indio' y a lo' vaquero' y en la nochecita derechito ai río Paimai a daino' esa zambullía bien fría. Me encantaba vei a ese negrito bajo la luna. Brillaba como un diamante.

Pausa.

SERGIO: ¿Tú lo sigue' queriendo?

Silencio.

SERGIO (CONT'D): ¿Lo sigue' queriendo, pa'?

NINO: Mira que cosa... No me lo saco, fíjate. To' esa' jodía' patilla' y pudriendome e' que 'toy de tanto que lo quiero todavía. Que cosa, mi dio'. Yo sé que le da veiguenza-

SERGIO: Alivio.

NINO: ¿Alivio?

Sergio se acerca.

SERGIO: Lo tuyo na' má' eran boche', pa'. Voceadera.
Golpe'. Mirándono' de lao. Cortao. Como mirando del tope
de una pirámide pa' abajo. Pensaba que eramo' nosotro'.
Que te hicimo' algo. Depué' yo me dije qué va. A ete yo no
le hecho na'. Ete lo que 'tá e' muerto. Yo pensaba tú te
había' muerto hace tiempo. Que no había na' ahí. Y mírame
eto... Ahí adentro hay de to'. Bien vivo que tú 'tá. To' esa'
otra' cosa'... Me la tragaré, no me la tragaré... ¿Qué se yo?
Pero papi, que tú te sonreíte como te 'taba sonriendo ahí.
Que tú quisite a alguien tan bonito así... Con tanto amor.
Que tú tiene la CAPACIDÁ'. Eso me da'... alivio.

Pausa.

Silencio.

Nino guarda la pintura.

Pausa.

Silencio.
NINO: ¿A qué hora hay que sali' mañana?

DENNIS: ¿Pa' dónde?

NINO: Pal hopitai.

SERGIO: Dijeron que... Que 'tuvieramo' ahí como a la' nueve pero... ¿Tú 'tá' seguro-

NINO: Como a las ocho salimo', entonce'.

SERGIO: Pa'... Ello' van a operáte pa' sacate la vaina esa del etómago pero no saben-

NINO: Me levanta temprano.

DENNIS: Yo voy c-con utede así que yo te levanto.

NINO: ¿'Tá' seguro?

Pausa.

Intervalo de silencio.

Dennis agarra papel y lápiz.

DENNIS: Ey yo, Serge.

SERGIO: Mm.

DENNIS: Dibújame.

SERGIO: Ya viene' tú...

DENNIS: Come on, men. Tú nunca me ha' dibujao. Ha' una nueva pa'-pa' que la guindemo' ahí. Ven... ¡Yo soy tu masa!

SERGIO: ¡Se dice musa!

DENNIS: Please, bro. C-Como dice la canción:
¡PÍNTAME!

SERGIO: No 'toy en eso.

NINO: Dibújalo, Seigio. Mira a vei que te sale ahí.

DENNIS: ¿Tú ve'? A lo m-mejor uSted es el próximo
DAfuiche.

SERGIO: ¿Quién?

DENNIS: DAfuiche. ¿N-No e' así que se llama el tigere?

SERGIO: ¡DAVINCI! Dique dafuiche. A ete tipo como que
le patina el coco.

DENNIS: Vamo'. Dibuja.

Dennis toma una pose exagerada.

SERGIO: ¿Qué e' lo que tú hace'?

DENNIS: Modelando.

SERGIO: ¿Pa' la' olimpiada' epeciale'?

DENNIS: Caballero, tú si ere' ignorante punto com. Eto e'
ALTA. COTA. FACHION.

SERGIO: ¿Alta cota? ¿Qué e' esa vaina?

DENNIS: You know. B-Bien frú frú. La m-moda high cla'.

SERGIO: ¡Se dice alta costura!

DENNIS: Whatever. ¿Me va' a pintá, entonce'?

Pausa.

SERGIO: Que sí.

DENNIS: Dame veinte peso'.

SERGIO: ¡Mire, coño!

DENNIS: Oh oh. ¿Qué uted se cree? E' m-mercancía MANGÚ CUM LAIRI lo que uted tiene aquí.

SERGIO: Man, shut up.

DENNIS: You shut up.

NINO: ¡YA! No empiecen con ei jodío choot up ese.

DENNIS: ¡Yo pa', mira! Dejó de llové'. V-Vamo' pal firescape.

SERGIO: El sol le hace daño.

NINO: Un chin de lu' no mata ni ai ma' feo. Vamo'. Teiminen afuera.

La aún presencia de Balaguer detiene a Nino.

NINO (CONT'D): Yo le sigo ahora. Voy a teiminai de recogei ei reguero ete que 'tá aquí.

Sergio y Dennis salen al escape de fuego.

BALAGUER: Mañana en la mañana...

NINO: Dicen que ei día de su mueite se reunió ei pueblo enterito airededoi de su camilla.

BALAGUER: Casi oscurece-

NINO: Oraban y oraban...

BALAGUER: Queda poca luz-

NINO: Fila 'e mano pegando fueite contra sus pechos como a un tamboi. Rosario 'trá rosario 'trá rosario...

BALAGUER: Como abejas en un panal sonaban.

NINO: Pero uted no se quería ir.

BALAGUER: Detrás del pueblo apareció una mujer. Alta. Morena. Pelo oscuro... Sin cara. Sin rostro. Tomó asiento en la orilla de mi cama y apretó sus dedos contra mi frente como si fuese a darme una bendición... Pero mi alma reventó con sus palabras: -Los que te difaman. Los que te idolatran. Los que claman por tu santidad y los que piden por tu infierno. Los que te esconden... Ellos darán vida eterna a tú muerte.-

NINO: No. Ya no.

Pausa.

Nino se dirige hacia la ventana dejando a Balaguer solo.

BALAGUER: Caramba... Cuanto silencio.

Balaguer desvanece entre las sombras.

Nino se incorpora en el escape de fuego con los muchachos, quienes lo ayudan.

SERGIO: Con cuidao.

DENNIS: ¡Diablo, pa'! Esa' m-mano' tuya 'tan encendía en candela.

SERGIO: Oye sí.

NINO: Adio, ¡un cometa e' su pai!

DENNIS: ¡Wepa! ¿Y entonce', Sergio? Sigue d-dibujando ahí, tú.

Nino canta en voz baja mientras Sergio sigue dibujando.

NINO:

Sin remedio. Que ya no tengo remedio...

DENNIS: Pero ven acá, ¿no dique tú ere' cometa? ¡CÁNTALA DURO!

Nino canta a todo volumen.

NINO:

¡SIN REMEDIO! ¡SIN TÍ NO TENGO REMEDIO!

¡Y AUNQUE E' VEIGÜENZA ROGAITE A QUE CAIME MI DOLOI!

DENNIS: ¡EPA!

NINO:

¡SIN REMEDIO, HE VENIDO A SUPLICAITE,

Y A DECITE QUE 'TOY LOCO SIN REMEDIO POI TU AMOI!

DENNIS: ¡BRAVO, COÑO!

SERGIO: Pa', mira...

DENNIS: Diaaantre. 'Tan naranjita' la' nube'.

SERGIO: Los último' rayo'.

NINO: Ay sí, mijo. Qué belleza...

Las luces van desvaneciendo en el escape de fuego mientras disfrutan los últimos rayos del sol.

FIN DE OBRA

GLOSARIO

TÉRMINOS DOMINICANOS Y DOMINICAN-YORK:

ACHICHARRAO: Quemado.

ADIO: Interjección de incredulidad. Sorpresa.

AGUAITA: Usado en la región del Cibao, significa ¡Mira! ¡Fíjate en eso! ¡Escucha!

AGUA DE FLORIDA: Una colonia utilizada por algunos chamanes para la limpieza espiritual, rituales y floración. Los componentes del aroma incluyen cítricos y hierbas junto con especias y matices florales.

AGUAJERO: Exagerado. Agua fiestas.

APAVIENTOSO: Exagerado.

ATÁJA: ¡Dale ganas! ¡Con gusto!

BAISA 'E LECHUZO: Babosos. Ridículos.

BARCELÓ: Ron Barceló es el nombre y la marca de una variedad de rones de la República Dominicana. La palabra Barceló es un apellido catalán que más tarde fue extendido al resto de España y sus antiguos territorios más allá de Europa y América, sobre todo en el Caribe y Asia.

BÉL NONM: Significa hombre bello en el francés criollo haitiano.

BILL: Término Dominican-York para referirse a una factura.

BIMBASO: Golpes.

BOCHE: Insultos. Regaños.

BOLSA: Testículos.

BONE: Término Dominican-York para referírse a la palabra en íngles "BUM" que quiere decir persona sin hogar. Homeless.

CACHÉ: Lujo. Con mucha pinta.

CACHICAMBIAO: Enredado. Boca arriba. Al revés.

CALIÉ: Se refiere a los espias/informantes de la dictadura durante los tiempos de Trujillo. Era una forma de montar el terror entre la gente ya que en cada dos o tres casas había un calié. El terror a las torturas era tal que los caliés incluso declaraban contra hermanos, padres, primos, etc. Ya que si se descubría por otro medio, el propio calié estaría dispuesto a torturas.

CHEICHANDO/CHEICHA: Andando. Pasando un rato con un grupo de gente/amigos.

CHICHÍGUA: Papalote/ave de rapiña

CHINCHA: Un insecto fastidioso.

CHIRIPA: De poco valor. Barato.

CHO: Término dominican-york para referirse a un "show".

CHURRIA: Caca. Diarrea.

CIBAO: Provincia en La República Dominicana

COCOLO: Un término coloquial común en el Caribe que se usa a veces para referirse a los no-hispanos descendientes de africanos.

COLMADO: Son pequeñas tiendas o bodegas donde se expenden todo tipo de comidas, bebidas, embutidos, etc.

CONTIMÁ: Mucho menos...

CONUCOS: Es una palabra de origen taíno
que significa una pequeña parcela de tierra, una finca.

COTA: El sucio del cuerpo.

CRACKIAO: Loco

CUAITO: Dinero.

CUANDO CUCA Y ROQUETEN: Un decir usado para describir algo viejo.

CUCHUCIENTA': Cientos de veces.

CUERAZO: Tremendo. Golpes.

CUI CUI: Tomarse una bebida sin parar. De un solo golpe.

DEBEMBÁ: Caído. Derrumbado.
DECONCHINFLAO: Dañado. Ya no sirve.

DECRICAJE: Dañado. Falta de fuerzas. Desorden.

DEFANFARRAO: Un desastre. Desaliñado.

DEGARITAR: Largarse.

DEGUAÑANGAO: Sin fuerzas. Dañado.

DEGUAVINAO: Destrozado. Vuelto un desastre.

DE REMATE: Mas allá de lo lógico. Fuera de entendimiento.

DIQUE/DISQUE: Supuestamente. Al parecer.

ÉCOLE CUÁ: ¡Es la cosa! ¡Exacto! Deriva del italiano eccoli qua! (Acá están). Esto es un italianismo lo cual es un extranjerismo derivado del italiano e incorporado a otra lengua.

EL BAILE DE LA BOTELLA: Mientras se toca música de bachata se coloca la punta del pie en el tope de una botella, y a girar encima de la botella se ha dicho! La botella debería ser de cuello corto y ancho, con una base cuadrada, densa y resistente. Este baile supuestamente fue inventado por una señora de campo llamada Niurka, bajo la necesidad también de la poca exposición que había de los bailes dominicanos.

EI CULO 'E LA VIEJA: ¡Increible! ¡No lo puedo creer!

EL GALLO COLORAO: Apodo dado a Balaguer. El gallo colorao representa a el partido reformista social cristiano (PRSC) y este fue fundado por Balaguer. El símbolo del partido es un gallo y machete verde. Su color es el rojo (colorao).

EL MALECÓN: El malecón corre por 15 kilómetros por la costa de santo domingo. El malecón es también conocido como Avenida De George Washington.

ENCHUMBAO: Bien mojado. Empapado.

EI PIPO: Un decir de las provincias cibaeñas. Tiene varios usos, pero mayormente es asociado con una exclamación después de un golpe, si se cae o se va a caer algo.

EL PAI: El papá. El padre.

EL PAÍ: El país.

ENTRE LUCA Y JUAN MEJÍA: Más o menos.

ESO SI 'TÁ UVA: Maravilloso! Super!

ETE COHETE: Pal carajo.

FANTAMIAO: Desabrido. Agua fiestas. Fantoche.

FIGUREANDO: Luciéndose. Presumiendo.

FISNOS: Persona que se cree fina, de alta sociedad.

FRECO: Fresco. No tener vergüenza

FRITO: Acabado. Sin cabeza. Loco.

FRIZAO: Congelado.

FUÁQUITI: una exclamación de acción.

FUICHE: Nalga.

FUÑIR/FUÑÍO: Molestar/algo molestoso.

FRÚ FRÚ: La alta sociedad. Elitista

GALILLO: La garganta. La voz.

HABICHUELA: Palabra que, en lo urbano, también puede significar la mente. La cabeza.

JABLADOR: Se pronuncia la J con fuerza. Quiere decir hablador. Mentiroso.

JÁLE: Marijuana.

JEVITAS: Muchachas jóvenes.

JOLOP: Término dominican-york que siginifica asalto. En inglés es "hold-up."

JU: Se pronuncia la J. Es un decir cibaeño. Como afirmando algo. Diciendo que si a algo o estar de acuerdo. Usualmente el JU aparece al principio de una frase.

JURUNGÁ: Dañado. Vuelto un desastre.

LAMBÍ: Plato guisado típico de las regiones costeñas de la República Domincana como Samaná pero también en otras partes. La base del plato es carne de caracol/concha.

LA SEMILLA: Una exclamación fuerte.

LE PATINA EL COCO: Esta medio desquiciado. Casi loco.

LOCRIO: Una adaptación de la paella española, locrio se hace con achiote.

LOS CLOISTERS: Un parque en el alto Manhattan de Nueva York.

LONGANIZA: Salchicha al estilo dominicano.

MAL-TALLAO: Persona con un cuerpo poco escultural.

MANGÚ: Comida típica a base de plátanos triturados con cebolla y aceite, generalmente utilizado para los desayunos o cenas.

MATA: Árbol.

ME CAGO EN NA': ¡Maldición!

MOJETO: Un término despectivo para referirse a una persona de la raza negra.

MONTAO: Poseído por un espíritu.

ÑECA E': ¡Mierda es! ¡Mentira! A otro perro con ese hueso.

OFRE'COME = Ay Dios mío. Increíble.

O&M: Universidad en la República Dominicana con varios recintos.

PAPIARON: Mataron.

PARIGUAYO: Ridículo.

PATATÚ: Un ataque. Un mal.

PEGAJOSO: Persona que le gusta dar mucho afecto, cariño.

PELÁ/PELAÍTA: Sin nada. Vacía.

PIJOTERO: Tacaño.

PILLAR/PILLAN: Agarrar con las manos en la masa.

PLEBE/PLEBERÍA: Algo de muy mal gusto.

PERSIGNAR/PRESÍNATE: También pronunciado como "Presinar." Hacer la señal de la cruz con sentido religioso.

PULPERÍA DE CUERO: Prostíbulo.

SICA: Mierda.

'SU JANTÍSIMO: Jesus Santísimo. ¡O dios mío!

'SU MANIFICA NI MA MEA: Una fuerte exclamación. ¡Ave María Purísima!

'TÁ PASAO/'TOY PASAO: Loco. Fuera de lo racional.

'TÁ TO': Todo bien. Está bien.

TEO TEO: Afán. La cosa. Molestadera.

TEQUE TEQUE: El asunto. La misma cosa. Repetición.

TIETO: Cosas de poca importancia.

TIGERE: Joven hábil, audáz. También significa muchacho de calle.

TITINGÓ: Problema. Asunto.

TITIRIMUNDÁTI: Todo el mundo.

TOTAO: Loco.

TUTUMPOTE: Persona con muy buena posición económica.

UASD: Universidad Autónoma De Santo Domingo

UN CHIN: Un poco.

UN NIÑO EN CADA BRAZO Y EI HACHO AIDIENDO: Tiene un niño en cada brazo y ya está embarazada con otro.

VACUENCIA: Mierda. Basura.

VAINA: Otra palabra que significa cosa.

YEYO: Un ataque.

YILÉ: Término Dominican-York para referirse a las cuchillas de afeitar.

YOLA: Una canoa.